KB272253

일러두기

리카의 레시피와 추억이 담긴 QR코드를 실었습니다.

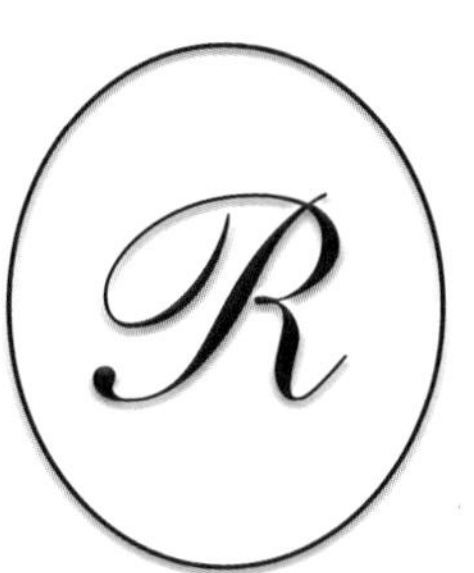

리카, 시간을 누비다

ⓒ 리카, 2026

1판 1쇄 펴냄 2026년 5월 1일

편집 정은정
디자인 박민수
제작 세걸음

펴낸이 박진희
펴낸곳 (주)파롤앤
출판등록 2020년 9월 10일 (제2020-000195호)
주소 서울시 서초구 서초대로 396, 217호
이메일 parolen307@parolen.co.kr

ISBN 979-11-94428-07-7 03810

리카, 시간을 누비다

세계의 식탁에서 만난 이야기

리카 요리에세이

파 롤 앤

＊

방 안에서 노래를 따라 부르며 신나게 뛰놀던 어린 시절 기억이 떠오릅니다. 햇살이 깊이 들어오는 안방에서, 동생들과 좋아하던 레코드판을 꺼내 전축 위에 올려놓고 바늘을 내려놓았습니다. 아빠가 선물로 사주신 레코드판입니다. "먹기 싫은 건 새빨간 당근, 시금치하고 돼지고기, 토란, 가지, 닭고기예요. 모두 모두 싫어해요. 무서운 눈으로 엄마는 말해요. 모두 모두 먹으래요." '닉키 냑키'라는 암호를 외치면 먹기 싫은 음식들이 사라져 버린다는, 1970년대 유행하던 동요였습니다. 그러고 보니 어릴 때는 먹기 싫은 음식이 참 많았네요.

시간은 흘러 어른이 되면서 여러 나라에서 살게 되었습니다. 나라마다 나름의 환경과 기후가 있고 그 땅에 맞게 길러진 식재료들이 있습니다. 한국인으로 자라며 먹었던 집밥의 기억과 여러 나라에서 만난 음식들 기억 모두를 소중하게 간직하고 있습니다. 대학 시절 일본인 친구의 어머니가 만들어 주신 스키야키와 바로 튀긴 큼직한 새우 덴푸라는 바삭하고 참 맛있었습니다. 시금치를 좋아하지 않았는데 시카고에서 먹었던 인생 스테이크와 함께 나온 크림 시금치나 시금치와 닭고기, 치즈를 넣어 튀긴 롤은 겉이 바삭하고 속에서는 뜨거운 치즈가 흘러나와 특히 좋았던 기억의 맛입니다. 엄마는 늘 콩과 두부를 챙겨 주곤 하셨지만 어릴 땐 그다지 좋아하지 않았습니다. 여러 나라에서 다양한 콩 요리를 접하고 난 지금은 청국장, 낫토, 템페 등 콩 요리를 참 좋아하게 되었습니다. 도쿄타워가 내려다보이던 일본 두부 요리 맛집 '토후야 우카이'가 생각납니다. 아름다운 일본식 정원이 펼쳐진 일본 전통 목조건물에서 가이세키 스타일의 두부 코스를 대접받았던 날, 그 맛은 물론 일본 특유의 섬세한 담음새까지 지금도 잊을 수 없는 경험으로 남아 있습니다. 최근 도쿄타워 주변 개발과 건물 정비 등의 이유로 이곳이 문을 닫는다는 소식을 들었습니다. 이렇게 아름다운 장소가 사라진다니 아쉬운 마음이 듭니다. 그래서인지 그날의 풍경과 두부 요리를 오래 마음속에 간직하고 싶습니다.

음식에 대한 기억을 쌓으며 하루하루를 선물처럼 살았습니다. 그런 수많은 날이 모여 지금의 내가 만들어졌습니다. 만난 사람들, 가보았던 장소들, 기쁨과 슬픔의 순간들…. 정신없이, 끝이 없을 것처럼 달려온 시간이었습니다. 헝겊 사이에 솜을 넣고 바늘땀을 촘촘히 이어 가는 바느질을 '누비'라고 합니다. 집에는 누빈 이불, 베개, 가방 같은 것들이 많았습니다. 누비천은 오래 사용해도 형태가 잘 유지되고 세탁 후에도 구김이 적어 생활 속에서 사랑받아 왔다고 합니다. 얼마 전 일본을 방문했을 때, 수공예 작가인 친구가 누비 가방을 메고 나와 물어보니 한국 천이라 하더군

　　　　　　　　　　　　　　　　　　　　　　프롤로그

요. 일본에서도 누비천이 인기를 얻고 있다는 이야기가 인상 깊었습니다. 하루하루가 바빠서 글을 쓸 엄두조차 내지 못하고 있었는데, 여러 나라에서 살아온 이야기를 조금씩 꺼내 누비고 짓다 보니 하나의 흐름으로 묶이는 걸 보면서 감사한 마음이 들었습니다. 흩어져 있던 시간을 조각조각 모으며 제 삶을 다시 한번 돌아보게 됩니다. 앞으로도 계속 이어 갈 시간의 누비입니다. 햇살이 가득 쏟아지는 행복한 날도 바람 불고 비가 내리는 어두운 날도 모두 삶의 한 장면으로 이어 나갈 것입니다. 스웨덴의 국민 건축가 에릭 군나르 아스플룬드가 설계한 숲의 묘지로 '스코그쉬르코고르덴(Skogskyrkogården)'이라는 곳이 있습니다. 자연의 아름다움을 고스란히 간직한 이곳은 1994년 유네스코 세계문화유산으로 지정되었습니다. 여기 창은 화장에 앞서 고인이 아름다운 햇살을 하나 가득 받을 수 있도록 만들어졌다고 합니다. 언젠가 우리도 이렇게 마지막 햇살을 마주하는 날이 오겠지요. 그날이 오기까지 주어진 시간 속에서 세상을 누비고, 시간을 누비며, 모든 것에 감사하고, 경험을 나누며, 하루하루를 소중히 살아가고 싶습니다. 여러분은 주어진 시간을 어떻게 누비고 계실지요?

추운 겨울날, 햇살이 가득 들어오는 책상 앞에 앉아 이 글을 쓰고 있음에 깊이 감사하며….

1장 ✿ 리카 데이즈

2장 ✿ 리카의 봄 여름 가을 겨울

3장 ❋ 세상을 누비다

4장 ✼ 삶을 잇다

Recipe

CHAPTER 1

리카 데이즈

이런 시간이 참 좋습니다.

하루를 시작하는 법

✲

크루아상과 카페오레

어느 92세 할머니의 아침 식사를 소개하는 방송을 본 적이 있습니다. 할머니가 작은 커피밀에 원두를 넣고 천천히 갈기 시작합니다. 사각사각 원두가 부서지는 소리가 부엌에 잔잔히 퍼집니다. 곱게 간 원두를 모카포트에 넣어 가스레인지 위에 올립니다. 다른 팬에는 우유를 데웁니다. 따뜻해진 우유를 머그잔에 붓고 막 내려진 커피를 더해 카페오레를 만듭니다. 오렌지주스 한 잔을 유리컵에 담아 테이블 위에 올립니다. 검정 스킬렛 팬에서는 달걀이 지글지글 익어 갑니다. 오븐 토스터에서는 크루아상이 데워지고 버터 향이 부엌 가득 퍼집니다. 노란 꽃이 그려진 볼에는 바나나를 조금 썰어 넣고 요거트 위에 복숭아잼을 살짝 올립니다. 할머니는 프랑스에 살기 시작했을 때부터 지금까지 70년이 넘도록 같은 메뉴로 아침 식사를 하신답니다. 바삭한 크루아상에 카페오레를 마시는 모습이 무척 인상적이었습니다. 92세에도 저렇게 건강하게 생활할 수 있다니 참 복 많은 분이구나 싶었습니다. 가스레인지 위에서 은근히 끓는 모카포트의 커피 향, 따뜻한 크루아상 냄새가 화면 너머로 전해져 오는 듯한 아침 식사였습니다.

나이가 들수록 아침 시간이 더 좋아지는 듯합니다. 햇살이 가득 들어오는 시간이 행복하고, 하루 중 가장 머리가 맑아 무엇이든 해볼 수 있을 것 같은 에너지 가득한 시간입니다. 그래서 중요한 작업은 아침에 집중해서 합니다. 작업에 들어가기 전 간단히 아침을 먹습니다. 요즘은 동네에도 파리 수준의 크루아상 전문점들이 많아졌습니다. 빵이 구워지는 시간이 되면 진동하는 버터 냄새에 탄수화물을 줄여야지 하던 생각도 어느새 사라지고 가게에 가서 빵을 사 오게 됩니다. 저는 홍차 마니아라 늘 티를 즐기지만, 크루아상을 먹을 때는 커피도 종종 내립니다. 92세 할머니가 매일 아침 크루아상을 드셨다는 마음이 이제는 조금 이해가 됩니다. 여유가 생기면 크루아상 만드는 법을 배워 보고 싶다는 생각도 듭니다. 제과는 배웠지만 정작 빵은 배운 적이 없거든요. 오븐에서 크루아상을 직접 구워 내는 아침을 상상해 봅니다. 갓 구운 버터향이 솔솔 나는, 층층이 결이 살아 있는 크루아상과 향 좋은 커피한잔으로 하루를 시작하는 아침…. 그런 아침이라면 하루도 조금더 따뜻하게 시작할 수 있을 것 같습니다.

따스한 온기 오트밀 한 그릇

엘라 피츠제럴드의 재즈곡을 틉니다. 날이 차갑습니다. 쏟아져 들어오는 햇살이 반가워요. 음악을 들으며 겨울의 찬 기운에 상냥한 아침 인사를 건넵니다. 부스럭부스럭 찬장을 열고 오트밀 봉투를 꺼내 두꺼운 냄비에 한 스쿱 부어 넣습니다. 우유와 물을 좀 섞고 가스를 켠 뒤 친구처럼 익숙한 나무 주걱으로 저어 줍니다. 저는 식감도 좋고 영양가도 높은 스틸컷 오트밀을 즐겨 먹습니다. 좀 오래 끓여야 하지만 톡톡 씹히는 특유의 식감이 너무 좋습니

리카 데이즈

다. 전날 불려 두면 빨리 만들 수 있지만 좀 불어 버린 느낌은 제 취향이 아니어서요. 아침에 만드는 일이 제겐 행복입니다. 중간중간 우유를 보충하며 끓이다 보면 차갑던 부엌이 금세 온기로 가득 찹니다. 가끔은 두유나 아몬드 밀크를 섞어 만들기도 하지만 역시 우유로 만든 게 제일 맛있습니다. 소금을 약간 뿌려서 플레인 오트밀로 먹으면 톡톡 씹히는 게 우유 풍미와 어우러져서 참 좋습니다. 그냥 그걸로 행복합니다. 가끔은 바나나와 시나몬, 딸기, 블루베리 등 계절 과일들도 넣어 즐깁니다. 치아시드나 견과류를 뿌려도 좋지요. 그리고 아침에 할 일들을 정리합니다. 그렇게 또 하루를 시작합니다.

+

소금을 약간 뿌려서 플레인 오트밀로 먹으면 톡톡 씹히는 게 우유 풍미와 어우러져서 참 좋습니다. 그냥 그걸로 행복합니다. 가끔은 바나나와 시나몬, 딸기, 블루베리 등 계절 과일들도 넣어 즐깁니다. 치아시드나 견과류를 뿌려도 좋지요.

전날 맛있게 끓여 놓은 국이 있으면, 따뜻한 미역국이나 쇠고기뭇국에 밥을 말아서 김치와 한술 떠먹습니다. 하지만 여러 가지 스타일로 아침 먹는 걸 좋아합니다. 주말이나, 좀 여유로우면 영국에서 먹었던 브런치를 만들어 먹기도 합니다. 소시지, 베이컨, 달걀프라이, 구운 버섯과 토마토구이, 토스트. 빠질 수 없는 건 키드니빈스(강낭콩)입니다. 여기에 차 한잔 곁들이면 멋진 영국식 브런치가 됩니다. 블랙푸딩(소의 선지로 만든 영국 순대)도 있으면 더 본격적이겠지만 이 정도로도 충분히 즐거운 아침 식사가 됩니다. 일본식 아침도 좋지요. 갓 지은 고항(밥)과 가쓰오부시로 육수를 낸 따뜻한 미소국, 연어구이나 고등어구이, 일본식 달걀말이와 츠케모노, 낫토와 일본 김까지 곁들여 먹는 아침 식사도 시간이 있는 날은 만들어 봅니다. 토스트, 크루아상, 베이글 등 빵류나 시리얼, 오트밀, 과일 약간 등으로 대신하는 바쁜 날도 많아요. 하지만 새로운 아침, 좀 제대로 먹는 아침 식사는 기분을 좋게 합니다. 하루를 시작하는 아침이 있다는 것, 제게 주어진 오늘 하루가 너무나 감사한 요즘입니다.

츠케모노(漬物, つけもの)
채소를 미소, 술지게미, 간장, 소금 등에 절여 만드는 일본의 전통 절임 음식입니다.

RIKA니까

활동할 때마다 늘 입는 앞치마가 있습니다. R자가 새겨진 검은색 앞치마. 15년이나 세월이 흘러서 색이 많이 바랬습니다. 캐나다에 살 때였어요. 아이가 학교에 가면 쇼핑몰에 가서 장을 봤습니다. 외국의 리빙 전문매장에는 어쩌면 그렇게 예쁜 물건이 많은지요. 그릇, 소품, 잡화들…. 워낙 그런 걸 좋아하는지라 행복한 쇼핑을 즐기고 있었습니다. 그중에서 유독 눈에 들어온 건 이니셜이 예쁜 앞치마였습니다. A~Z까지 다양한 이니셜의 앞치마가 있었고, 전 RIKA니까, 검정 바탕에 R자가 멋있게 새겨진 앞치마를 집어 들었습니다. 운명 같은 만남이었어요. 캐나다에서 살 당시엔 이 앞치마를 하고 일하게 될지는 상상도 못 했습니다. 그때 알았더라면 박스로 사 놓았을 텐데. 15년 넘는 힘든 세월 함께 해온 제 앞치마는 제가 가장 아끼는 물건이 되었습니다. 제가 살아온 인생을 표현해 주기 때문이에요. 여러분도 그런 물건이 있으신가요? 있으시다면, 어떤 걸까요?

당시엔 이 앞치마를 하고 일하게 될지는 상상도
못 했습니다. 일본의 가장 친한 친구가 제 모습을
떠올리며 한 땀 한 땀 손바느질로 만들어 준 리카
인형입니다.

햇볕에 행주를 말리면서

✤

햇살이 좋은 날에는 나무 도마를 꺼내 말리고, 빨아 널어 바싹 말린 뽀얀 행주를 갭니다. 요즘은 일회용 행주가 많아졌지만, 이 자그만 행주를 만지다 보면 옛 추억이며 이것저것 생각이 많아집니다. 먼저, "너희들은 하고 싶은 일을 하고 세계 곳곳을 누비고 살아라"고 말씀하시던 엄마 모습이 떠오릅니다. 엄마는 바느질 솜씨가 좋아서 집안의 어지간한 옷은 직접 고치고 뭐든 야무지게 잘 만드셨습니다. 잔잔한 은방울꽃, 아이리스, 마가렛 같은 예쁜 꽃을 테이블보나 매트, 코스터, 행주 등에 수놓기도 하셨습니다. 고운 수가 놓인 헝겊 조각을 보면 어린 맘이 행복해지곤 했습니다. 엄마 바느질 통에는 실과 자개가 새겨져 있는 칠기 실패, 쪽가위, 골무, 바늘꽂이, 시침핀, 옷핀, 줄자, 크고 작은 여러 모양의 단추 등이 가지런히 담겨 있었습니다. 호기심 많던 저는 그 바느질 통을 열어서 이것저것 뒤지고 만져 보고 가지고 노는 시간이 참 즐거웠습니다.

자기 꿈을 실현하며 전 세계를 누비고 살라고 기도해 주시던 엄마 말씀 덕인지 저는 세계 여러 나라를 돌며 살게 되었고 엄마의 사랑을 제일 많이 받은 우리 아들은 여섯 나라에서 학교 다니며 자랐습니다. 여러 나라를 살았지만, 제일 오래 살았던 일본에서 추억이 많습니다. 일본에 가면 저는 '나카가와 마사시치' 상점에 들르곤 합니다. 생활잡화, 주방용품, 화장품, 과자, 차, 가방, 문구까지 좋아하는 감성으로 채워진 공간이라 그곳에서 쇼핑하는 게 늘

　　　　　　　　　　　　　　　　　　　　　리카 데이즈

나카가와 마사시치 상점의 하나후킹. 1716년 일본 나라에서 시작된 곳으로 원래 마직물을 다루던 상점이었습니다. 모기장(가야) 원단으로 쓰이던 면과 마를 이용해 만든 하나후킹은 잘 마르고 오래 써서 주방에서 다양하게 사용됩니다.

즐거웠습니다. 이곳에서는 특히, 하나후킹이라고 디자인도 여러 종류고 색감이 예쁜 행주를 팔고 있습니다. 1716년 일본 나라에서 시작된 곳으로 원래 마직물을 다루던 상점이었습니다. 모기장(가야) 원단으로 쓰이던 면과 마를 이용해 만든 하나후킹은 잘 마르고 오래 써서 주방에서 다양하게 사용됩니다. 일본인 친구들이 계절에 따라 디자인이 바뀌는 이 행주를 선물해 주곤 합니다.

　　　마사시치의 하나후킹처럼 우리나라엔 소창 행주가 있습니다. 조선시대부터 쓰이던 소창은 강화도의 바람과 햇살 속에서 더욱 단단해져 기저귀와 수건, 행주로 한국 어머님들의 살림을 지켜왔습니다. 얇고 가벼운 나라현의 가야와 부드럽고 힘 있는 강화 소창. 나라가 달라도 어머님들의 살림을 아끼는 마음은 닮았습니다. 전통은 박물관이 아니라 오늘의 작은 부엌에서 이어지고 있다고 생각합니다. 엄마처럼 저도 행주를 빨아 말리고 있습니다. 햇살이 좋은 날 뽀얀 행주를 개면서 느끼는 잔잔한 행복감이 참 좋습니다. 내일은 모처럼 휴일이니 추억이 담긴 집안의 오랜 가구들도 마른걸레로 윤기도 내주고 잘 닦아 주어야겠습니다.

　　　　　　　　　　　　　　　　　　　　리카 데이즈

세월이 켜켜이 쌓인 주방 물건과 나의 그릇들

✳

그런 날 아니, 그런 시기가 있습니다. 뭘 해도 맘처럼 안 되는 시기. 올봄 꽃 피면 쓰려고 아껴 둔 매화꽃 모양 접시를 깨뜨리고, 마음이 안 좋아 쿠키를 구웠는데 다 태우고, 복잡한 마음 다독이자고 편하고 익숙한 잔을 꺼내 일본 차 유타카미도리를 마셔야지 하다가 왜 그런지 모르겠지만 손에서 미끄러져서 귀여운 검정고양이가 그려진 잔이 두 동강이 나기도 하고요. 그래도 몇 년, 꽤 오래 썼는데, 정이 들어 이별이 못내 아쉬웠지요. 한번 안 좋아진 기분은 쉽게 나아지지 않습니다. 이것저것 복잡한 생각만 들어요. 창밖을 내다보면 햇볕은 맑고 하루는 빛나는데 미래 걱정, 불안 등이 꼬리에 꼬리를 물어 마음속이 어두워져 버렸습니다.

올봄 꽃 피면 쓰려고 아껴 둔 매화꽃
모양 접시를 깨뜨리고…

그렇게 우울한 마음이 며칠 지나고, 촬영 준비를 해야 해서 그릇장을 열었습니다. 날씨가 더워지니 주스 컵, 디저트 볼, 아이스크림 그릇, 시원해 보이는 과일 접시 같은 유리그릇들을 꺼냈습니다. 투명한 유리그릇들을 꺼내고 반짝반짝 닦으면서 기분이 점점 좋아지기 시작했습니다. 복잡했던 마음은 그릇장 안으로 집어넣고 꺼낸 그릇들로 기분을 채웠습니다.

초록빛 그릇과 청포도는 시원한 여름 식탁을 연출해 주고 북유럽 핀란드 '이딸라'의 유리그릇을 보아도 기분이 좋아집니다. 일본의 섬세한 유리 전통 공예품인 '키리코'도 좋아합니다. 에도 키리코, 사츠마 키리코, 덴마 키리코 등이 있습니다. 엄마가 쓰시던 유리나 크리스탈 그릇도 꺼냈습니다. 잔잔한 꽃무늬가 그려진 유리잔, 우리 집 물컵으로, 온 가족 모두 오래 사용했던 프랑스 듀라렉스 유리컵…. 유리그릇을 보고 있는 동안 기분이 좋아졌습니다. 예전에 프랑스의 명품 브랜드 '바카라 크리스탈'과 협업해서 새해 아시안 티푸드를 선보이는 행사를 진행했어요. 섬세한 커팅으로 디자인된 아름다운 크리스탈 그릇에 일본식 티푸드를 담아 보았던 행사는 크리스탈 빛처럼 좋은 추억으로 남았습니다.

그러고 보니 저는 여름 그릇뿐만 아니라 그릇과 잡화를 정말 좋아했어요. 저희 엄마도 그러셨는데 유전일까요. '엄마가 만들어 준 수제비가 맛있었어요!' 하는 지인의 피드를 본 적이 있습니다. 정말 소박한 음식이었는데, 따스한 엄마 맘이 느껴지는 요리였습니다. 얼마나 부럽던지요. 저도 가끔 지치는 날에는 엄마가 반찬 그릇으로 즐겨 쓰시던 그릇들을 꺼내서 고사리나물 볶음, 고

     리카 데이즈

+

2021년 메종 바카라 서울 크리스탈 라운지
새해맞이 아시안 티푸드 세트

등어조림, 미역줄기 볶음, 생선전 등을 담아 보기도 합니다.

영국 포토벨로 마켓과 해외 여러 곳에서 구입한 빈티지 그릇과 티잔, 잡화들도 따스함을 더해 주지요. 일본에 살 때부터 모아 온 추억이 쌓인 그릇들, 메이지시대나 쇼와시대 그릇들도 그릇장에 잘 넣어 두었습니다. 아이와 어렸을 때부터 계속 사용해 오던 토토로 접시도 자주 쓰고 있어요. 세팅할 때 '액센트'를 더하는 작은 종지들도 잘 모아 두었습니다. 시장에서 산 나무로 된 곰돌이 냄비 받침도 함께하고 있습니다. 20~30년 넘는 세월을 함께한 그릇들이 많습니다. 사람도 물건도 함께한 시간이 오랠수록 더 정감이 느껴집니다. 일회용 그릇을 많이 쓰는 빠른 시대지만 음식을 정성껏 만들어서 이야기가 있는 그릇에 담아 먹는 행복은 계속 간

일본에 살 때부터 모아 온 추억이 쌓인 그릇들, 메이지시대나 쇼와시대 그릇들도 그릇장에 잘 넣어 두었습니다.

직하고 싶습니다.

　얼마 전에 새 그릇을 몇 개 샀습니다. 직업 특성상 정말 많은 그릇이 필요합니다. 세월이 쌓인 그릇들 사이로 새 그릇을 올려놓으면 마치 전학생이 와 있는 것 같은 기분이 들 때도 있고 때로는 군대 선임들 사이에 이병이 들어와 주눅 든 것같이 보일 때도 있습니다. 가끔은 우리 집 그릇 안에 들지 못하고 떠나기도 하지만, 아주 저렴한 그릇부터 여행지의 추억이 가득한 그릇들까지 사연이 많습니다. 그릇과 주방 물건들을 참 아끼고 사랑합니다. 함께하는 소중한 나의 가족이라고 생각합니다.

　　　　　　　　　　　　　　　리카 데이즈

영국 포토벨로 마켓과 해외 여러 곳에서 구
입한 빈티지 그릇과 티잔, 잡화들도 따스함
을 더해 주지요.

아이와 어렸을 때부터 계속 사용해 오던 토토로 접
시도, 세팅할 때 포인트가 되는 작은 종지들도 잘 모
아 두었습니다.

리카 데이즈

+

가끔 지치는 날에는 엄마가 반찬 그릇으로 즐겨 쓰
시던 그릇들을 꺼내서 고사리나물 볶음, 고등어조림,
미역줄기 볶음, 생선전 등을 담아 보기도 합니다.

선물 같은 시간

오후 3~4시는 제게 선물 같은 시간입니다. 갓 구운 쿠키 또, 좋아하는 티와 함께하는 이 시간, 정말 행복해요. 하루 중 제일 좋아하는 시간입니다. 저는 뜨거운 걸 마시기 좋아해서 아주 뜨겁게 홍차를 마십니다. 찻물을 끓이고 좋아하는 홍차를 그날 기분에 따라 골라 홍차가 담긴 통을 엽니다. 찻잎의 그윽한 향이 올라옵니다. 잎차를 넣고 잘 끓인 물을 붓습니다. 홍차는 펄펄 끓는 온도인 100도 정도 물을 부어 우려냅니다. 찻주전자 속에서 찻잎들이 춤을 추기 시작합니다. 매일 사용하는 티 타이머를 놓고 3분을 기다립니다. 얼그레이나 다른 가향차 등 향이 좋은 티를 스트레이트로 마실 때도 있고, 때로는 밀크티를 만들어 마시기도 합니다. 오늘은 다즐링 티를 마셨습니다. 짙은 오렌지색으로 맛있게 우러나면 쿠키, 토스트 샌드위치, 구움과자, 때로는 초콜릿 등 그날 집에 있는 것과 함께 즐깁니다. 일상을 풍요롭게 해주는 이런 시간이 참 좋습니다. 차를 마시고 음악을 듣고 잠시 생각도 정리하면서 여유를 되찾는 시간!

영국과 프랑스에서 모은 차와 차 도구

홍차의 위로

바람이 꽤 쌀쌀하게 불면 따뜻한 홍차를 마시며 위로를 받을 때가 많습니다. 술은 잘 마시지 못하니 따뜻한 홍차를 마시며 마음을 가라앉히곤 하지요. 겨울철이나 컨디션이 좋지 않을 때는 홍차에 꿀이나 생강을 넣어 마시기도 합니다. 진한 몰트 향이 나는 차나 질 좋은 다즐링 차를 마셔도 기분이 좋아집니다. 홍차가 가지고 있는 폴리페놀 성분은 항산화 효과와 면역력 강화, 노화 예방에 도움을 주고 카테킨 성분은 체중 관리에도 효과적이라고 합니다. 또한 풍부한 테아닌 성분은 스트레스를 완화하고 마음을 안정시키는 데 도움을 줍니다.

따뜻한 홍차 한잔은 산업혁명 시기 영국의 지친 노동자들에게도 큰 위로가 되었을 것입니다. 윌리엄 터너의 그림처럼 늘 안개 끼고 흐린 런던의 날씨는 자연스럽게 따스한 것을 찾게 만듭니다. 그런 날, 손에 쥔 따뜻한 홍차 한잔은 몸과 마음마저 데워 줄지도, 런던의 작가들에게는 그 위로가 곧 영감이 피어나는 순간이 되었을지도 모르겠습니다. 찰스 2세와 결혼해 영국으로 오게 된 포르투갈 공주 브라간사의 캐서린은 영국에 도착하자마자 차 도구를 꺼내 홍차를 마셨다고 합니다. 여행의 피곤함을 씻고 낯선 곳에서 마음을 안정시키고 싶었을까요. 당시에는 많이 알려지지 않았고 사치품이었던 홍차가 캐서린 왕비 덕분에 귀족들 사이에 널리 알려지게 되었다고 합니다. 저도 홍차를 마시며 잠시 생각을 정리합니다. 따뜻한 홍차 한잔이 마음을 조용히 다독여 주기도 합니다.

찰스 2세와 결혼해 영국에 오게 된 포르투
갈 공주 브라간사의 캐서린 덕분에 귀족들
사이에 홍차가 알려지게 되었다고 합니다.

홍차를 마실 때 갓 구운 스콘에 클로티드 크림까지 곁들인다면 더할 나위가 없지요. 티를 좋아하는 저는 꼭 티푸드와 함께 차를 마십니다. 너무 복잡한 걸 만들지는 않고 그냥, 간단히 만들 수 있는 쿠키나 스콘, 파운드케이크 같은 걸 만듭니다. 주로 통밀하고 좋은 버터와 달걀을 재료로 사용합니다. 설탕은 원당을 사용해 과하게 달지 않게 만듭니다. 말차 쿠키도 자주 구워요. 일본 '잇포도'나 '츠지리' 등 역사가 긴 가게의 제대로 된 말차를 넣습니다. 빛깔도 맛도 정말 다릅니다. 보통은 동글동글하게 빚어서 투박하게 만들어 먹지만 가끔은 고양이나 강아지 모양 틀로 찍고 눈, 코, 입을 그려 넣기도 합니다. 그러다 보면 행복한 동심이 된달까요. 복잡한 머릿속 생각이 사라집니다. 오븐 온도를 170도에 맞추고 쿠키를 굽는 동안엔 온 집안에 버터 냄새가 가득합니다. 저는 일본에서 제과를 배웠습니다. 교실에 저 혼자만 한국인이었죠. 사람들 모두 친절했지만, 빨강 금붕어 사이에 검정 금붕어 한 마리 같은 생각이 들곤 했습니다. 사범 과정까지 마쳤지만, 솔직히 최고 과정 메뉴들은 손이 너무 많이 가서 이걸 만드느니 그냥 하나 사 먹는 게 좋을 것 같았습니다. 파티시에로서 소질은 타고나질 않았나 봅니다. 어쨌든 뭐가 되든 배운다는 건 큰 힘이 되는 것 같습니다. 그때 배워 둔 기본기가 있어서 간단한 베이킹은 지금도 종종 합니다. 제과 학교 다닐 때 복습할 겸 매일같이 집에서 뭔가를 만들었거든요.

말차 쿠키도 자주 구워요. 일본 '잇포도'나 '츠지리' 등 역사가 긴 가게의 제대로 된 말차를 넣습니다. 빛깔도 맛도 정말 달라요.

"○○는 좋겠네. 엄마가 매일 맛있는 거 만들어 줘서." 동네 분들이 아들 아이에게 했던 말이 기억납니다. 20년도 훨씬 전이죠. 그때 한 백화점에서 샀던 유리로 된 쿠키·케이크 돔을 지금도 잘 쓰고 있습니다. 한국으로 돌아와서도 쿠키를 이 유리 돔 안에 넣어 두면 아이가 먹었는데, 아침에 일어나서 보면 반 이상이 없어지곤 했어요. 고양이 모양 쿠키를 넣어 두고 하나, 둘 없어지면 '고양이 실종 사고'라며 웃기도 했었죠. 언젠가 손주도 생기겠지요. 그러면 오래된 제 레시피로 아이들과 맛있는 쿠키를 구울 거예요. 알 수 없는 미래라고요? 그래도 상상해 보면 행복한걸요!

　　　　　　　　　　　　　　　　　　리카 데이즈

행복을 주는 초콜릿

할 일은 많고 초콜릿을 먹는다고 아무것도 바뀌는 건 없지만, 어릴 때부터 좋아하던 달콤한 초콜릿, 한 개 입에 넣고 사르르 녹여 먹는 행복. 쌉싸름하고 진한 커피나 차와 함께 하면 기분전환이 됩니다. 오스트리아의 자허토르테, 입에서 바로 녹아 버리는 일본 생초콜릿, 위스키가 든 초콜릿, 벨기에 고급 초콜릿, 영국에서 기념품으로 잘 사 오는 영국 왕실 인증 샤보넬 워커도 좋고, 줄이 정말 긴 베이커리에서 벨기에 초코로 만든 크루아상과 코로네(소라빵)도 좋아합니다. 초콜릿을 먹을 때 홍차가 아니라 커피와 함께 즐기는 날도 많아졌습니다. 커피 향이 너무 좋더라고요. 오후에 좀 피곤한 날이나 기분이 복잡해지는 날 초콜릿과 함께 커피를 마시는데요. 간단히 원 볼로 내 방식대로 초콜릿 넣어 만드는 초코 케이크로 초코빛 기분을 느끼기도 합니다. 가끔은 제가 좋아하는 홍차로 티 초콜릿을 만들기도 합니다. 얼그레이나 다즐링처럼 향이 좋은 홍차를 생크림에 우려낸 뒤, 초콜릿과 섞어 가나슈를 만들면 차 향이 은은하게 퍼지는 티 초콜릿이 됩니다. 바쁜 하루 중에 잠시 쉬어 갈 수 있는 행복한 시간입니다.

+

세이조이시이의 다즐링 티 초콜릿

위스키가 든 초콜릿, 벨기에 고급 초콜릿, 영국에서 기념
품으로 잘 사 오는 영국 왕실 인증 샤보넬 워커도 좋고…

오스트리아의 자허토르테

 리카 데이즈

딤불라 티, 복숭아 티 젤리

티를 마시다가 상대가 듣든 듣지 않든 혼자 차 이야기를 할 때가 종종 있습니다. "스리랑카에 언젠가 티 여행을 하고 싶어. 차의 나라 스리랑카 하이그로운(highgrown, 고지대)의 3대 홍차 우바, 딤불라, 누와라엘리야, 이런 차밭을 가보고 현지에서 티타임을 가지고 싶어." 그중에서 딤불라! 은은하게 향기롭고 부드러운 차여서 마시기 좋고 무엇보다 색이 매력적입니다. 옛날 마고자나 비녀 등 장신구에 달린 보석인 호박을 닮았습니다. 황금빛에 레드브라운 색이 약간 섞인 아름다운 그 수색을 참 좋아합니다. 엄마만 졸졸 따라다니더니 이젠 어른이 다 되었다고 말수가 줄어 한참 서운한 맘 들게 하던 아들이 어느 날 불쑥 초록색 예쁜 상자를 내밀어서 보니, 전부터 마시고 싶다 했던 딤불라 티(Dimbula Tea)였습니다. 카렐 차페크의 초록 상자에 미소 짓고 있는 노란색 꿀벌이 그려져 있습니다. 화가 났다가도 보면 맘이 풀어질 것같이 귀여워요. 투명한 컵에 딤불라 티를 넣어 색을 즐기고 밀크티로 마시기도 합니다. 여름엔 티 젤리 만드는 걸 좋아합니다. 만드는 방법도 간단합니다. 복숭아나 자두 같은 과일이 풍성하게 나오는 계절이면 티 젤리를 만들어 차게 식힌 뒤 복숭아를 듬뿍 올려 먹습니다. 차 향과 복숭아 맛이 어우러져 손님 초대 때 내놓아도 칭찬받습니다. 스리랑카의 영국 식민지 시대 이름은 실론입니다. 언젠가 실론으로 티 여행을 떠날 생각에 벌써 가슴이 설렙니다.

+

카렐 차페크의 딤불라 티(Dimbula Tea).
화가 났다가도 보면 맘이 풀어질 것같이
귀여워요.

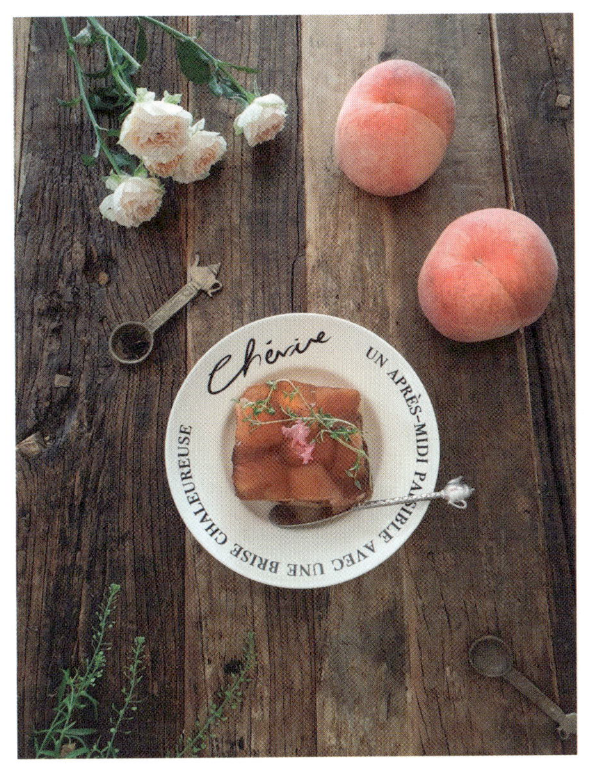

+

복숭아나 자두 같은 과일이 풍성하게 나오
는 계절이면 티 젤리를 만들어 차게 식힌
뒤 복숭아를 듬뿍 올려 먹습니다. 차 향과
복숭아 맛이 어우러져 손님 초대 때 내놓아
도 칭찬받습니다.

바흐와 함께 된장찌개를

✷

춥고 긴 겨울을 이겨 내고 예쁜 꽃들이 꽃망울을 터뜨렸습니다. 매화도 개나리도 산수유도 목련도 곧 우아한 자태를 드러낼 겁니다. 그런데 올 꽃샘추위는 왜인지 물러설 기미가 없습니다. 아침엔 눈발이 날리더니 강아지 챠챠랑 산보하는데 손까지 시립니다. 날씨가 그러니 마음조차 흐립니다. 그렇게 고생해서 꽃을 피웠는데 강한 바람에 하루 사이 떨어져 구르는 꽃송이가 안쓰러웠어요. 멍하니 흘러가는 구름을 한동안 바라보고 있자니 그냥 슬픈 기분이 들었습니다. 엄마 아빠도 보고 싶고, 파자마 입고 창으로 뭉게구름 바라보던 어린 날도 떠오르고.

기분을 고쳐 보고 싶었어요. 그럴 때면 전 뭔가를 만듭니다. 먼저, 바흐의 〈미뉴에트〉를 틀어 공간을 음악으로 채웁니다. 냉장고를 뒤적거려 파를 꺼내요. 이런, 일주일 정도 요리를 안 했더니 시들어 있습니다. 시든 파의 누런 부분을 다 잘라내고 깨끗하게 씻습니다. 불을 꺼내 달걀을 깨뜨려 젓습니다. 탁탁탁 달걀 젓는 소리, 파를 송송송 써는 소리가 바흐의 미뉴에트와 어울려 조금 흥미로운 기분이 됩니다. 이런 기분, 오늘 하루 종일 느끼지 못했어요. 어디에 넣어도 맛있는 '노도구로 시오'를 참 좋아합니다. 하지만 오늘은 초록 상자에서 말돈 소금을 꺼내 손가락으로 비벼 넣었습니다. 얇게 썬 파도 넣고 노릇노릇 맛있게 달걀말이를 합니다. 된장국도 보글보글 끓여 주었어요.

리카 데이즈

맛있게 육수만 내면 계절 재료와 두부를 넣고 언제라도 부엌에서 된장국을 끓일 수 있어서 참 좋습니다. 항아리에서 정통방식으로 시간을 두고 잘 숙성된 된장을 사 두고 씁니다. 참, 콩알이 살아 있는 청국장도요. 김치를 좀 넣고 끓이면 너무 구수하고 맛있습니다. 어렸을 적에는 그 냄새가 참, 시골집 같고 집에 밸까, 싫었는데 지금은 정겹고 언제 먹어도 속이 편합니다. 이젠 사라져 가지만, 상 가운데에 찌개를 놓고 둘러앉아서 떠먹기도 했잖아요. 생각만 해도 마음이 푸근해지는 풍경이지요.

우리나라 된장찌개와 같은 음식이 일본에선 톤지루입니다. 여러 가지 채소와 돼지고기를 넣고 끓인 국으로 일본 사람들에게는 엄마의 맛으로 손꼽는 가정식입니다. 제 유튜브 채널의 톤지루 영상을 보고 시즈오카 출신 한 일본인 친구는 엄마가 일찍 돌아가셨다면서 이렇게 말했습니다. "톤지루는 일본의 맛으로 우리 엄마도 늘 만들어 주셨어요. 톤지루가 남으면 다음 날 밥 넣고 달걀 넣어서 말아 먹었습니다. 일본에서는 고양이 밥, 네코 마마라고 해요. 다른 사람들 앞에서는 이렇게 먹으면 안 되지만 전 정말 좋아했어요." 나라가 달라도 엄마의 마음이 담긴 따스한 된장국 한 그릇의 추억은 하나인 것 같습니다. 그 속엔 언제나 "괜찮다"라는 말이 담겨 있어요.

일본 친구에게 선물 받은 '후(麩)'도 흥미롭습니다. 미소국 그릇에 담고 따뜻한 국물을 부으니 천천히 예쁜 꽃 모양이 펼쳐 나타납니다. 국물 속에서 만나는 작은 계절이라 할 만합니다. 떠 있는 후를 보면서 잠시나마 제 안의 예쁜 마음을 만납니다.

진짜 너무 힘든 일이 있으면 누워만 있기도 하지만 역시, 전 뭔가 만들 때 기분이 좋아지는 것 같습니다. 갓 지은 밥과 소박한 찌개, 달걀말이가 있는 조촐한 밥상. 바흐와 함께한 요리 시간은 꽃샘추위 같은 제 마음을 다시 봄날로 이끌어 줍니다. 그렇게 주어진 하루를 행복하게 마무리합니다.

노도구로 시오

일본 가나자와에는 노도구로 요리가 유명합니다. '노도구로'. 이름이 특이해서 찾아보니 우리는 금태, 눈뽈대, 빨간고기 등 다양한 이름으로 부르고 있는 생선입니다. 노도구로 솥밥이 정말 별미라고 하던데요. 꼭 한 번 먹어 보고 싶은 요리입니다. 구이로는 먹어 봤는데 솥밥은 해본 적이 없습니다. 요리에서 빠질 수 없는 정말 중요한 식재료가 소금이지요. 요리 연구가다 보니 소금도 여러 가지 사용해요. 세계 여러 나라에 유명한 소금이 많지만 그중에서도 일본 지인이 선물해 준 노도구로 시오(금태 소금)가 제겐 특별합니다. 풍미가 좋아서 주먹밥 만들 때도 쓰고, 각종 요리에 솔솔 뿌려 주면 감칠맛이 좋습니다. 한번 먹어 본 후로 노도구로 시오는 부엌의 필수품이 되었습니다.

 리카 데이즈

국물 속에 피어나는 작은 계절 '후'

후는 밀가루에서 식물성 단백질인 글루텐을 뽑아 만든 일
본 전통 식재료로, 국물에 넣으면 스펀지처럼 맛을 흡수해
부드럽게 먹는 재료입니다. 씹는다기보다 국물을 품고 입
안에서 천천히 풀어집니다. 후는 특히 일본 가나자와에서
발전했습니다. 눈이 많고 겨울이 긴 지역이라 예전 사람들
은 단백질을 오래 보관할 식재료가 필요했습니다. 그렇게
탄생한 것이 말린 후입니다. 가나자와 사람들은 단순한 저
장식이 아니라 모양과 색을 더해 계절을 표현하기 시작했
고 국물 속에 꽃을 피우듯 후를 띄웠습니다.

간장은 요술쟁이

어렸을 때 따뜻한 밥에 달걀을 탁 깨서 올리고 간장을 한 숟갈 조금 넣어 비벼 먹으면 그렇게 맛있을 수가 없었습니다. 햇양파, 풋마늘 대, 방풍 잎 같은 맛있는 것들이 나오면 부엌에서는 장아찌를 담느라 바빠지죠. 알이 잔뜩 든 꽃게로 만든 간장 게장을 먹을 때 즐거움은 이루 말할 수 없습니다. 양이 적어 뭘 많이 못 먹는 사람도 간장 게장 먹는 날은 밥이 모자라요. 간장에 고춧가루, 마늘, 생강, 파, 갖은양념 해서 생선을 보글보글 잘 조리면 그것 하나만으로도 진수성찬입니다. 생선조림은 구이와 또 다른 별미여서 살을 발라 마늘과 고추장 등을 넣고 생선 쌈으로 먹기도 해요. 메추리알 넣고 조려 하얀 밥과 함께 먹으면 고급스러운, 언제 먹어도 맛있는 장조림도 뺄 수 없죠.

눈 내리는 추운 겨울날, 140여 년 전 메이지시대부터 이어 온 역사가 느껴지는 교토 미시마테이 본점에 두런두런 앉아 관서풍 스키야키를 날달걀에 콕, 콕 찍어 먹는 맛은 또 다른 즐거움입니다. 일본의 요시노야 같은 곳의 규동도 좋아해서 옛날 일본 살 때 먹었던 맛이 생각나면 아저씨들 사이에 앉아서 나미잇쵸(한 그릇) 맛있게 비우곤 합니다. 쇠고기와 양파는 듬뿍하게 간장을 넣고 규동을 만들어 먹기도 하지요. 양파가 맛있는 철에는 더 자주 만들어요. 만드는 동안 냄새가 퍼지면 일본에서 살던 추억이 떠오릅니다. 문득 구마모토의 노포에서 새로 개발했다는 투명 간

리카 데이즈

장이 궁금해집니다. 간장은 원래 검은색이잖아요. 그런데 투명한 간장이라니 신기합니다. 국물에 간장이 들어가면 색이 어두워지기 마련인데, 이 정도 되면 간장은 어릴 때 보았던 〈아내는 요술쟁이〉에 나오는 엘리자베스 몽고메리처럼 요술쟁이가 아닌가 싶습니다. 발효를 통해 얻은 깊은 맛으로 어떤 식재료든 특별한 요리로 변신시키니까요. 밀키트와 배달식이 다양해지고 여러 가지 즉석 소스들이 많아져 간장 소비량이 줄어들고 있다고들 하지만, 예부터 메주를 띄워 장독대에 담아 숯과 고추를 얹어 새끼줄을 두르며 장을 정성껏 익혀 오던 풍경을 떠올리면 간장은 참 소중한 음식이라는 생각이 듭니다. 어머니들이 장독을 살피며 장을 아끼고 정성껏 지켜 오던 마음처럼, 이 소중한 간장이 우리 식탁에서 오래오래 사랑받길 바랍니다.

드라마 〈폭군의 셰프〉 '시금치 된장 파스타'

✻

이런 날이 올 수 있나, 싶을 정도로 온 세계에서 K-컬처가 각광받고 있습니다. 저는 CJ와 함께 〈폭군의 셰프〉 공식 쿠킹클래스를 외국인 대상으로 진행하고 있습니다. 특히 일본에서 온 관광객들이 많은데, 한국 드라마가 좋아서, 한국 카페 가보는 게 즐거워서, 한국 화장품을 사고 싶어서 등 한국을 방문하는 이유도 여러 가지입니다. 그중에서도 인기 있는 건 한국 음식입니다. 닭 한 마리, 육회, 갈비, 비빔밥, 김밥, 삼계탕…, 일본 사람들이 좋아하는 한국 음식은 정말 다양합니다. '폭군의 셰프 쿠킹클래스'에서는, 드라마에서도 등장했던 된장 파스타를 만드는데, 모두 주인공이 된 것처럼 즐거워합니다. 우리 된장을 소개하다 보면 자부심을 느끼게 됩니다. 자연과 시간의 선물인 '발효'를 사랑하기 때문입니다. 간장, 된장, 식초, 젓갈, 김치 등 발효 숙성된 모든 것들은 맛도 훌륭하지만 발효 과정을 통해서 영양이 더욱 풍부해집니다. 수업 시간에 한국 된장을 학생들에게 보여 주고 요리법도 가르쳐 줍니다. 마트에서 파는 된장도 좋지만, 외국 사람들이 장독대에서 전통 방법으로 숙성한 할머니 시골 된장의 깊은 맛도 경험해 볼 수 있는 기회가 있으면 좋겠다고 생각합니다. 우리 밥상에서 빠질 수 없는 된장, 수천 년을 내려온 자연과 시간의 조화, 궁핍한 시대를 슬기롭게 살아온 조상의 지혜와 정성, 검소함을 우리 문화 전통과 사계절의 멋스러움, 아름다움에 담아 한국의 음식 문화를 알리는 요

리카 데이즈

리 수업을 해나가고 싶어요. 또, 일본에 오래 살면서 그곳 문화와 전통, 식경험을 한 요리 연구가로서 일본의 뿌리 깊은 음식, 지역마다 훌륭한 재료들, 일본만의 아름다운 담음새, 사계절 담은 일본 요리와 문화를 한국 수강생들에게 알리고 싶습니다. K-푸드가 주역이 된 글로벌 미식 시대를 살고 있는 지금, 조상 때부터 이어져 온 음식 문화를 세대 너머 다음 세대까지 알리고 싶은 꿈이 있습니다.

+

일본 된장인 미소와 우리 된장은 달라요. 일본 된장은 콩, 쌀, 보리 등 여러 가지 재료로 만드는 것과 비교해 우리는 주로 콩으로 만듭니다. 수업 시간에 한국 된장을 외국인 수강생들에게 보여 주고 요리법도 가르쳐 줍니다.

+

요리 연구가 리카로 나아갈 길, K-푸드가 주역이 된 글로벌 미식 시대를 살고 있는 지금, 조상 때부터 이어져 온 음식 문화를 세대 너머 다음 세대까지 알리고 싶은 꿈이 있습니다.

집밥의 힘

✲

저도 가끔 음식을 주문하거나 사다 먹을 때가 있습니다. "사 먹는 게 만드는 것보다 훨씬 싸. 맛도 좋고." "뭐 하러 만들어 먹어. 다 파는데"라 하는 사람이 많기도 하고요. 한번은 평이 참 좋은 양념 돼지고기를 시켜서 구워 본 적이 있습니다. 쌈 채소랑 먹으니 참 맛있었고 한 끼 잘 먹었단 생각이 들었지요. 하지만 성분표를 보고 말았고 곧, 마음이 안 좋아졌습니다. 액상과당도 들어 있고, 몸에 이롭지 않은 것이 여럿 있었어요. 모든 제품이 다 그런 건 아니겠지만 대부분 원가를 맞춰야 하다 보니 이런 경우가 많습니다.

집에서는 내가 선택한 간장, 된장, 식초, 기름, 버터, 소금 등을 사용해서 음식을 만듭니다. 인공첨가물 많이 넣지 않은 잘 발효 숙성된, 제대로 된 장맛이 계절 재료와 어우러져 맛을 내지요. 거기에 마음을 담습니다. 갓 지은 밥, 공기에 한 숟갈이라도 좀 더 얹어 다독이면서 예쁘게 담고, 국이나 찌개를 떠도 좋은 고기 한 점이라도 더 담아 주려고 하죠. 생선을 구워도 더 노릇하니 맛나게 굽겠다고 불 옆에 붙어서 타이밍 맞추려 노력하고 나물도 깨끗하게 씻어 집 양념 맛, 손맛 넣어 정성스레 무치고요. 고소한 참기름도 아끼지 않고 조르륵 넣어 봅니다. 인공 발효시킨 식초가 아니라 자연의 힘으로 천천히 발효시킨 식초는 항암, 항산화, 피부 미용, 피로 해소, 체지방 감소, 혈당조절에 큰 도움이 된다고 해요. 당분과 염분은 되도록 적게 섭취하도록 합니다. 다시마, 멸치, 가쓰오부시 등을 좋은 것으로 해서 잘 우려내면 육수의 감칠맛 덕분에 염분을 덜 넣어도 돼요.

"누나! 나는 할머니가 지금도 그렇게 보고 싶어. 나 재수할 때도 새벽에 할머니가 늘 도시락 싸 주시고 밥도 챙겨 주셨는데." 사촌 동생이랑 통화하는데 그럽니다. 일하시던 큰어머니 대신 할머니가 손주를 따스하게 챙기셨죠. 그래서 지금도 사촌 동생은 할머니가 그리운 것 같습니다. 정성과 마음이 담긴 집밥을 해주는 누군가가 있다는 것, 얼마나 감사한 일인지요. 요리를 배우면 배울수록 집에서 해 먹는 것이 얼마나 이로운가에 대해 느끼고 또 느낍니다. 따스한 밥! 누군가 날 위해, 반찬 몇 가지 없어도, 정성 들여 맛있게 먹이고 싶은 맘 담아 차린 밥상엔, 보이지는 않지만 엄청나게 좋은 기운과 에너지가 담겨 있다고 생각합니다. 말에도 힘이 있다고 하잖아요. 그처럼 음식에도 큰 힘이 있어요. 소박한 집밥에는 위대한 힘이 있습니다. 가족 그리고 나 자신을 위해 따뜻한 밥을 짓고 찌개를 끓이고 계절 반찬을 준비하는 소중한 가치가 언제까지나 이어지기를 바라는 마음입니다. 밥 지을 때 냄새와 도마에서 무언가를 써는 소리…, 부엌의 온기를 저는 참 좋아합니다.

밥 한 그릇

✳

가을, 벼가 익어 가면, 쌀이 참 감사하단 생각이 듭니다. 이제는 외국에서만 먹었던 빵들도 종류별로 다 팔고 있고, 밥 말고도 먹을 음식들이 너무나 많아져서 쌀 소비량이 줄고 있다지만, 한국 사람들 힘은 따뜻한 밥 한 그릇에서 나오지요. 가끔은 다이어트한다고 먹지 않을 때도 있고 면류나 빵으로 간단히 식사를 때우기도 하지만 역시 갓 지은 따뜻한 밥만큼 기운 나게 하는 게 없는 것 같습니다. 계절에 상관없이 시래기밥, 콩나물밥을 만들어 먹고 봄날엔 푸릇한 냉이나 달래 같은 것들을 양념장에 비벼 먹으면 참 맛있어요. 봄나물에 멍게를 넣고 비벼 먹어도 겨우내 잃어버린 입맛이 돌아옵니다. 가을날에는 버섯이나 밤을 넣어서, 겨울에는 싱싱한 굴이나 무를 넣어 솥밥을 만들어 먹습니다. 여름, 보랏빛 가지가 잔뜩 나오면 소고기 넣어서 가지 불고기 솥밥을 지어요. 이렇게 제철 재료를 넣어 지은 밥 한 그릇은 소박하지만 늘 든든한 한 끼가 됩니다. 갓 지은 따뜻한 밥 한 그릇에는 계절의 맛과 함께 마음까지 채워 주는 힘이 있는 것 같습니다.

가을날에는 버섯이나 밤을 넣어서, 겨울에는 싱싱
한 굴이나 무를 넣어 솥밥을 만들어 먹습니다.

리카 데이즈

가지 불고기 솥밥

재료

가지 2개

다시마 육수 2컵

불린 쌀 2컵

마늘 3-4개

식용유

소고기 양념

소고기 약 200g

간장 1큰술

설탕 1/2큰술

미림 1/2큰술

청주 1큰술

다진 마늘 2-3개 분량

굴소스 1작은술(없으면
간장으로 대체)

후추(버섯과 양파 반 개 정도
약 80g을 같이 볶습니다)

양념장

간장 3큰술

미림 1/2큰술

설탕 1큰술

다진 마늘 1-2개

파 다진 것 약간

참기름, 통깨 약간

청·홍 고추 약간

만드는 법

1. 쌀 2컵은 불려 줍니다.
2. 소고기를 분량의 양념에 재워서 볶아 둡니다.
3. 가지는 먹기 좋은 크기로 잘라 대파, 마늘 등으로 기름을 낸 팬에
   노릇하게 구워 줍니다.
4. 냄비에 식용유를 넣고 마늘을 볶고
5. 불린 쌀을 넣고 살짝 볶다가 다시마 육수를 넣은 후 끓여 줍니다.
6. 끓어오르면 불을 중 약불로 줄여 20분 정도 익힌 후 불을 끄고
7. 볶은 소고기와 구운 가지를 얹어 6-8분 정도 뜸을 들여 완성합니다.
8. 그릇에 잘 담은 후 양념장을 섞어 먹습니다.

가을, 벼가 익어 가면, 쌀이 참 감사하단 생
각이 듭니다.

CHAPTER 2

리카의 봄 여름 가을 겨울

만드는 내내 행복했습니다.

면역력엔 버섯

❊

무리를 했던지 몸 컨디션이 나빠 아무것도 할 수 없고 구내염도 생겼어요. 면역력이 완전히 떨어진 상태입니다. '면역력' 하면 저는 버섯을 생각합니다. 버섯에는 면역력을 올려 주는 베타글루칸 성분이 듬뿍 들어 있기 때문이에요. 장마철이 지나고 가을이 시작되면 버섯이 많이 나옵니다. 그래서 가을날이면 각종 전골, 찌개에, 우동이나 파스타 등 면요리에 버섯을 한껏 넣어 먹습니다. 좀 맛있는 걸 먹고 싶은 날엔 전분을 입힌 버섯을 현미유에 노릇노릇하게 튀겨서 탕수소스를 만들어 부어 먹습니다. 고기가 없어도 바삭하면서 새콤달콤한 소스가 어우러져 별미에요. 버섯하고 들깨의 조화도 좋아서 버섯과 들깨를 넣은 수제비나 리조토도 만들어 먹습니다. 들깨의 고소하고 녹진한 맛에 버섯의 풍미가 잘 어울립니다. 현미밥에 소고기, 양파, 버섯, 참기름, 깨소금을 넣고 주먹밥을 만들어 먹어도 맛있고 치아바타 빵에 버섯을 이태리 스타일로 볶아 속을 만든 다음 원하는 치즈를 넣고 샌드위치를 만들어서 크리미한 양송이수프와 함께하면 즐거운 브런치가 됩니다. 손쉽게 구할 수 있는 팽이버섯도 간장, 마늘 등으로 양념한 후 전분을 입혀 튀겨 먹으면 맛있습니다. 버터, 간장, 마늘 약간 넣고 새송이버섯을 구우면 쫄깃한 식감이 훌륭합니다. 이렇게 친근하고 가격대도 편한, 맛있는 버섯 종류가 많아요. 그리고 세계 3대 진미에 든다는 트러플이 있습니다. 트러플은 인공 재배가 되지 않고 채취도 어려워 가격이 높은데요. 특유의 향을 좋아하는 사람이 많아 여러 요리에 애용되고 있습니다. 요즘은 레스토랑은 물론이고 각종 오일, 소스류, 과자, 초콜릿에도 트러플을 사용한 제품들이 많아졌습니다. 19세기 〈세비야의 이발사〉로 유명한 작곡가 조아키노 로시니가 트러플을 무척 좋아했다고 합니다. 로시니의 고향 페사로에는 그의 이름을 딴 '로시니 스테이크'가 있는데, 소고기 안심에 푸아그라와 트러플을 곁들인 '투르네도 로시니'라는 요리입니다. 로시니의 고향 페사로에 가서 이 요리도 언젠가 한번 맛보고 싶습니다.

현미 버섯 주먹밥

　　　　　리카의 봄 여름 가을 겨울

버섯수프

리카의 봄 여름 가을 겨울

면역력에 좋은 보양식 버섯 들깨탕

재료

멸치육수 약 1.3-1.5리터

표고버섯 약 5-6개

팽이버섯 약 100g

맛타리버섯 약 100g

부추 20-30g

대파 1대

다진 마늘 1큰술

들기름 또는 식용유 1큰술

국간장 약 1큰술 정도

액젓 또는 어간장 약 1/2-1큰술

들깨찹쌀소스(A)

들깻가루 약 7-8큰술

찹쌀가루 3큰술

육수 약 100ml

만드는 법

1. 다시마와 멸치 한 줌을 넣고 멸치육수를 우려냅니다.(다시 팩이나 코인 육수를 사용해도 좋습니다)

2. 버섯은 손질해서 먹기 좋은 크기로 잘라 줍니다.(여러 종류의 버섯을 사용했습니다)

3. (A)의 들깻가루와 찹쌀가루를 육수에 넣고 잘 섞어 주세요.

4. 냄비에 식용유나 들기름을 넣고 다진 마늘을 볶아 줍니다.

5. 멸치육수를 넣어 줍니다.

6. 버섯을 넣어서 끓이다가

7. 들깨찹쌀소스(A)를 넣어 줍니다.

8. 간장, 어간장 등으로 취향껏 간을 합니다.(일본 우스구치 쇼유를 사용하셔도 됩니다. 한국 액젓을 약간 넣으면 맛있습니다)

9. 파, 부추, 깻잎을 넣어 줍니다.

10. 면역력에 좋은 버섯 들깨탕 완성입니다.

· 취향에 따라 감자, 호박, 토란, 고사리, 두부 등을 넣어도 맛있습니다.

· 간은 입맛에 따라 가감하세요.

늦가을 단호박 치즈케이크

✻

아침저녁으로 쌀쌀해지고 서리가 내린다는, 24절기 중 18번째 상강 무렵에는 단풍이 아름답게 물들어 있고 남천 나무 빨간 열매도 더 붉어지며 여기저기서 국화꽃도 핍니다. 저는 늦가을에 태어났습니다. 생일이 지나고 나면 '할로윈' 데이입니다. 두꺼운 옷을 꺼내면서 가을을 보내고 곧 맞이할 겨울을 준비하는 계절. 이 무렵은 사과, 배, 단감, 밤, 고구마, 호박 등 먹거리도 참 풍성해지지요. 단호박을 하나 사 와 부드러운 크림치즈 케이크를 만들어 보기로 했습니다. 날이 추워 실내 슬리퍼도 폭신한 것으로 바꾸고, 털실로 짠 포근한 스웨터를 꺼내 걸쳐 입고서 단호박을 사러 나섰습니다. 동네 길목에 가로수들이 단풍으로 물들어 가을, 가을 합니다. 바람이 차가워지는 늦가을, 단호박으로 베이킹할 때 느끼는 행복감이 좋아서 단호박 치즈케이크를 만들기 시작했습니다. 초록색 단호박을 가르니 주황빛 속살이 참 예쁩니다. 삶은 단호박을 나무로 된 도구로 으깹니다. 크림치즈도 잘 풀어 주고 설탕, 달걀, 생크림을 차례로 넣고 섞습니다. 단호박 으깬 것을 넣어 준 후 아몬드 가루나 밀가루를 약간 더한 다음 체에 걸러서 오븐에 구워요. 홈 베이킹은 내 맘대로 재료를 가감한다는 게 정말 좋습니다. 설탕을 줄이거나 꿀을 사용하기도 합니다. 크림치즈가 부담스럽다면 그릭요거트로 대체하고, 밀가루가 싫다면 아몬드 파우더를 넣어 줍니다. 그냥 전체적으로 노릇하게 구워도 되지만, 마지막에 온도를

리카의 봄 여름 가을 겨울

높여 바스크 치즈케이크 느낌으로 구웠습니다. 오븐에서 꺼내 식힌 후 냉장고에 넣어 굳혀 줍니다. 해가 지기 전에 사진을 빨리 찍고 싶어서 냉장고에서 다 굳히지도 않고 빼내서 모양은 좀 울퉁불퉁해졌지만 나름대로 매력이 있습니다. 할로윈 무렵에는 여러 일정으로 바빠서 베이킹을 못 하다가 다시 단호박 케이크를 만들어 보았습니다. 완성된 케이크에 솔솔 슈가파우더를 뿌리고 귀여운 단호박 모양의 장식도 꽂았습니다. 거실 꽃병에 꽂혀 있던 빨간 열매 가지도 얹었습니다. 소박하지만 귀여운 케이크가 완성되었어요. 만드는 내내 행복했습니다. 이번에는 사진부터 찍고 냉장고에 굳혔어요. 내일 오후 맛있는 홈메이드 단호박 치즈케이크 먹을 생각에 기분이 좋습니다. 곧 입동입니다. 늦가을을 보내면서 만드는 단호박 케이크는 떠나는 가을의 선물입니다.

+

초록색 단호박을 가르니 주황빛 속살이
참 예쁩니다.

리카의 봄 여름 가을 겨울

단호박 치즈케이크

만드는 법

삶은 단호박을 나무로 된 도구로 으깹니다. 크림치즈도
잘 풀어 주고 설탕, 달걀, 생크림을 차례로 넣고 섞습니다.
단호박 으깬 것을 넣어 준 후 아몬드 가루나 밀가루를
약간 더한 다음 체에 걸러서 오븐에 구워요. 홈베이킹은
내 맘대로 재료를 가감한다는 게 정말 좋습니다.
설탕을 줄이거나 꿀을 사용하기도 합니다. 크림치즈가
부담스럽다면 그릭요거트로 대체하고, 밀가루가 싫다면
아몬드 파우더를 넣어 줍니다. 그냥 전체적으로 노릇하게
구워도 되지만, 마지막에 온도를 높여 바스크 치즈케이크
느낌으로 구웠습니다. 오븐에서 꺼내 식힌 후 냉장고에
넣어 굳혀 줍니다.

11월, 세상에서 제일 맛있는 밤수프 만들기

✧

'하루에도 수많은 결정을 내리는데, 내가 내린 결정들은 다 옳았을까?' 똑같은 모습으로 또 한 번 인생을 선물 받는다면 다른 결정을 내렸을 일이 꽤 있을 것 같습니다. 아니, 많을 것 같아요. 이 생각 저 생각, 온갖 생각으로 내가 나를 복잡하고 힘들게 하고 있습니다. 그동안 바쁘고 피곤했는지, 정신적으로 쉬지 못했는지 감기에 걸려 버렸습니다. 환절기만 되면 하루 종일 재채기에, 콧물에, 알레르기 비염이 있긴 했어요. 비염을 겪어 본 사람이라면 얼마나 불편하고 힘든지 알 겁니다. 거기다 몸살 기운에 머리가 무거워져서 일을 잘할 수가 없었어요. 약을 먹고 싶어 먹는 사람은 없겠지만 항생제, 소염제가 든 조제약을 먹다가 보니 속도 불편한 것 같습니다. 단풍은 아름답게 물들어 있건만 뒤척이며 누워만 있었습니다. 그러다 냉장고 안에 며칠째 밤이 들어 있는 게 생각났습니다. 몸도 피곤한데 따뜻한 수프 한 그릇 하면 좋을 것 같아서 일어나 밤수프를 끓이기 시작했습니다. 껍질을 깐 밤으로 사 두었으니 간단합니다. 버터를 팬에 한 큰술 넣고 양파를 넣어 볶다가 알밤을 넣고 살짝 더 볶습니다. 그다음 알밤이 잠길 정도로 물을 붓고 보글보글 끓입니다. 문득, 가을날 밤수프를 끓이고 있다니, 행복한 생각이 들었습니다. 블렌더로 갈고 생크림과 우유를 넣은 다음 마지막에 소금과 꿀 약간. 걸쭉하면서도 크리미한 따뜻한 한 그릇 수프가 완성되었습니다. 밤을 보니 저번에 사둔 쿠키 틀 생각이 납니다. 버터, 설탕, 통밀가루, 우유를 넣고 쿠키 반죽을 해서 잘 섞은 다음 밀대로 밀어 다람쥐 모양을 꾸욱 찍었더니, 귀여운 다람쥐 한 마리 완성. 밤 모양도 찍었더니 토실한 밤 쿠키가 만들어집니다. 찍을 때마다 나타나는 다람쥐가 너무 귀여워서 쿠키를 찍고 있는 동안 우울한 마음이 즐거워졌습니다. 오븐에 모양 쿠키를 굽고 수프를 다시 데웠습니다. 집안에 퍼지는 따스한 느낌이 좋습니다. 밤수프를 예쁜 그릇에 담아 한 숟가락 뜹니다. 너무 부드럽고 맛있어서 '세상에서 제일 맛있는 밤수프'라고 이름을 지었습니다. 만추의 풍경이 이리도 아름다웠을까. 창밖으로 내려다보이는 고운 단풍이 늦가을 밤수프 맛을 더합니다.

밤수프

만드는 법

버터를 팬에 한 큰술 넣고 양파를 넣어 볶다가
알밤을 넣고 살짝 더 볶습니다. 그다음 알밤이
잠길 정도로 물을 붓고 보글보글 끓입니다.
블렌더로 갈고 생크림과 우유를 넣은 다음
마지막에 소금과 꿀 약간 추가합니다.

리카의 봄 여름 가을 겨울

뿌리채소가 좋아

✳

"아, 춥다!" 슈퍼 안으로 뛰어 들어왔습니다. 동지가 지나니 얼굴에 와 닿는 차가운 바람이 뾰족뾰족, 어릴 때 본 적 있는 고드름이 생각났습니다. 오늘은 어떤 걸 해 먹을까, 둘러보니 제철 맞이한 우엉이 눈에 들어옵니다. 우엉, 연근, 도라지, 당근, 무 같은 뿌리채소에는 추운 겨울을 건강하게 보낼 수 있게 해주는 영양가 높은 성분들이 듬뿍 들어 있습니다. 우엉을 사 들고 와서 수세미로 씻고 있자니 흙냄새에 우엉 특유의 사포닌 향이 납니다. 저는 이렇게 흙이 많이 묻은 채소 사는 걸 좋아합니다. 도시 살다 보면 흙 밟을 기회가 거의 없잖아요. 어릴 땐 비포장도로로 어디로 흙 밟으며 놀기도 많이 놀았죠. 일본에서 아이를 유치원 보낼 때 좋았던 것 중 하나는 유치원에서 아이가 맨발로 노는 날이 많았다는 점이었습니다. 영어 공부 같은 건 없었어요. 흙이며 풀, 낙엽을 밟으며 자연과 더불어 그저 뛰어놀게 하더군요. 놀고 나눠 먹고 예절을 배우고 폐품 활용해 놀잇감 만들고. 흙냄새 나는 우엉을 씻으며 잠시 옛 생각에 빠져 봅니다. 언젠가 친구에게서 선물 받은 우엉 센베이도 생각납니다. 바삭바삭하면서 우엉 향이 올라오는 게 별미였습니다. 다 씻은 우엉과 당근을 나무 도마에 놓고 채를 썰어서 간장, 설탕, 미림을 넣고 맛있게 볶기 시작합니다. 칙, 치익, 맛있는 냄새가 주방 안을 채웁니다. 마지막으로 깨를 뿌리고 일본에서부터 오래 써오던 그릇을 꺼내 담아 봅니다. 윤기 나고 맛있는 우엉조림 완성. 어릴 땐 잘 안 먹더니, 아들도 맛있다고 젓가락으로 쉴 새 없이 집어 먹습니다. 아작아작 씹히는 우엉 식감이 매력적입니다. 금세 다 먹어 버려서 저녁에 또 만들어야 할 것 같습니다. 추운 겨울날, 뿌리채소 우엉이 힘이 나게 해줍니다.

우엉 가라아게

재료

우엉 1대
전분 가루 적당량
식용유 적당량

양념(A)

간장 2큰술
설탕 1큰술
미림 1큰술
청주 1/2큰술

만드는 법

1. 우엉을 씻어서 먹기 좋은 크기로 잘라 줍니다.
2. 전분 가루를 골고루 입혀 줍니다.
3. 팬에 기름을 넣고 노릇노릇하게 튀겨 줍니다.
4. 다른 팬에 튀긴 우엉을 넣고 양념(A)을 넣어서 양념이 잘 섞이게 한 후 깨가 있으면 뿌려 줍니다.

리카의 봄 여름 가을 겨울

신이 내린 보물 생강

✳

생강도 면역력을 높이는 걸로 유명하죠. 냉증 완화, 항산화 효과에 기침, 감기에 좋고 소화를 도와주며 혈액을 맑게 한다고 합니다. 『본초강목』에 생강은 여러 질병을 막는다고 기록되어 있고 『음식디미방』에는 돼지고기를 생강에 재운 후 밀가루를 입혀 튀기듯이 구운 가제육이 실려 있습니다. 일본 가정 요리에 그 비슷한 쇼가야키(일식 돼지고기 생강구이)가 있어요. 생강을 아끼지 않고 넣어 만드는, 우리 집 인기 메뉴 세 개 안에 드는 요리죠.

가을과 겨울, 산보 나왔다가도 걸칠 옷을 가지러 들어갈 정도로 아침, 저녁 날씨가 쌀쌀해지면 정말 더 다양하게 따뜻한 차를 찾게 됩니다. 생강이 맛있어지는 계절입니다. 몸에 좋은 생강으로 차도 끓여 드시고 다양한 요리에 활용해 보세요. 조선시대 가장 장수한 왕인 영조도 중국 춘추시대 사상가 공자도 생강차를 즐겨 마셨다고 합니다. K-푸드로 우리 음식과 디저트들이 세계적으로 인기를 끌고 있잖아요. 『산가요록』이나 『수운잡방』 같은 조선시대 요리책에는 색도 모양도 예쁜 매작과나 생강정과 같은 디저트들도 등장합니다. 우리 조상님들은 참 슬기로우셨던 것 같습니다.

영국에 페스트가 유행했을 때 런던 시민의 ⅓이 죽었다고 해요. 그런데 평소 생강을 즐겨 먹던 사람들은 병에 덜 걸렸다는 이야기도 전해집니다. 그래서 헨리 8세는 런던 시장에게 진저브

레드를 만들라고 지시를 내렸다지요. 그 이후 서양에서는 진저브레드 케이크나 쿠키를 대중적으로 먹게 되었습니다. 인도의 아유르베다에서는 생강을 '신이 내린 선물'이라 한답니다. 이렇게 몸에 좋은 생강으로 요리도 하고 음료도 만들고 싶어져서 마음이 바빠집니다.

맛있는 홈메이드 진저에일

재료

생강 400g

흑설탕 700g

물 1L

계피 30g

만드는 법

1. 껍질을 잘 씻은 생강을 편으로 썹니다.
2. 물에 흑설탕을 넣어 녹인 후
3. 생강, 계피를 넣어 강불에서 한번 끓이고 약불로 약 1시간 정도 끓여서 농축액을 만듭니다.
4. 체에 생강, 계피를 걸러 내고 병에 담아 냉장보관합니다.
5. 적당량을 컵에 덜어 얼음, 탄산수 등에 희석해서 마십니다.

 리카의 봄 여름 가을 겨울

스튜를 보글보글 끓여서

눈 내리는 크리스마스 무렵이면 무쇠 냄비를 꺼내서 큼직하게 썬 소고기를 지글지글 굽다가 탐스럽게 짙은 붉은빛 와인을 부어 넣고 알코올을 날린 뒤 데미글라스소스를 더해 스튜를 끓입니다. 창밖엔 눈이 펑펑 내리고 집안엔 크리스마스 장식품들이 반짝입니다. 크리스마스 캐롤까지 잔잔하게 틀어 놓으면 행복함이 더합니다. 나무 서랍장을 열어 초록색과 붉은색이 섞여 있는 크리스마스 매트를 깔고 잘 완성된 레드와인 스튜를 프렌치 빵에 찍어 먹고 있으면 겨울이 온통 따스해집니다.

일본 엄마들은 우리나라 엄마들이 가끔 카레를 끓이듯이 집에서 화이트 스튜를 흔히 만들어 먹습니다. 아이 유치원 급식에도 많이 나오지요. 직접 버터, 밀가루, 우유를 사용해 루를 만들지 않아도 일본에는 화이트 스튜용 루가 많이 나와 있습니다. 이 루에 고기와 감자, 양파, 당근, 브로콜리만 넣으면 쉽게 만들 수 있어서 일본에선 자주 해 먹었습니다. 샌프란시스코에서는 흰살생선, 조개, 오징어, 게, 홍합 등에 토마토, 화이트와인, 마늘 등을 넣고 끓여서 치오피노 스튜를 만들어 먹었습니다. 스튜 국물에 페페론치노를 좀 뿌려서 식전 빵에 찍어 먹으면 칼칼하니 별미입니다. 가을 꽃게가 많이 나와 있는 철이니 치오피노를 끓이고 싶군요.

스튜는 제게 겨울 이미지에요. 지치거나 힘든 날 기운을 좀 내고 싶을 때 보글보글 끓입니다. 토마토가 풍성한 여름에는, 토마토를 하나 가득 넣고 소고기에 채소, 월계수 잎, 타임 등을 넣어 끓이기도 합니다. 자연에서 온 신선한 재료들을 듬뿍 넣고 푹 끓여 만드는 스튜! 쌀쌀한 바람 불어오기 시작할 때 엄마가 직접 끓이는 스튜는 마음속까지 정답고 포근하게 해줍니다.

첫눈이 내렸어요. 추운 날 만드는 라구소스는 더 특별합니다. 빵이랑 함께 먹어도 좋고 파스타, 그라탕, 라자니아 등을 만들어 먹어도 좋아요. 이날은 냉장고에 있는 재료로 만들었어요. 리가토니 면을 사용해 보았습니다. 파마산 치즈 또는 그라나 파다노 치즈 가루를 듬뿍 뿌리면 좋습니다. 토마토 라구소스를 만들어 두면 여러 요리에 활용할 수 있으니 마음 든든합니다.

 리카의 봄 여름 가을 겨울

+

루에 고기와 감자, 양파, 당근, 브로콜리만
넣으면⋯ 화이트 스튜

리가토니 면을 이용한 라구 파스타

홈메이드 토마토 라구소스

만드는 법

1. 팬에 버터, 올리브유를 넣고 마늘 1큰술, 다진 양파 1개, 당근 반 개, 버섯 약 100g, 토마토 적당량을 넣고 볶습니다.

2. 다진 고기 약 250-300g을 넣고 볶아 줍니다.

3. 레드와인을 1-2큰술 넣어요.

4. 홀 토마토 한 캔을 넣고

5. 시판 토마토소스를 약 200g 넣습니다.(홀 토마토 캔이 없다면 시판 토마토소스를 약 600g 넣어 주세요. 더 진한 맛을 원하면 토마토 페이스트 추가)

6. 육수, 없으면 물을 적당량 넣고

7. 월계수 잎을 몇 장 넣어 줍니다.

8. 끓이다가 설탕, 소금, 허브가루, 후춧가루 등을 넣어 간을 맞춥니다.

9. 보글보글 끓이면, 완성입니다.(병에 담아서 보관)

설날 사골 떡국은 사랑이었습니다

✦

어제부터 눈이 펄펄 내리고 있습니다. 소담히 내려앉은 눈을 창가에 서서 바라보다 보니, 바람에 흩날리는 눈꽃 송이처럼 저의 기억도 어디론가 날아가 어린 시절의 한순간으로 돌아갑니다. "엄마, 옷고름 풀어졌어!" 설날, 한복을 입고 뛰어놀던 저는 볼이 빨갛게 물든 채로 엄마에게 달려가 옷고름을 다시 매 달라고 했어요. 벌써 두 번째였습니다. 엄마는 가늘고 긴 손가락으로 금세 단정하고 고운 모양으로 옷고름을 매어 주셨습니다. 지금은 한복을 입을 일이 많지 않지만, 어렸을 때는 큰집에 갈 때나 명절이 되면 꼭 한복을 입혀 주셨습니다. 제 건 색동무늬가 들어간 한복이었어요. 어릴 적엔 색동이 촌스럽다고 생각했습니다. 그런데 지금은 그렇게 예쁠 수가 없습니다. 참 이상합니다. 시간이 흐르며 마음이 변했습니다. 하늘하늘한 핑크빛 천에 반짝이는 나비와 꽃장식이 달려 있어 불빛을 받으면 반짝반짝 빛나던 동생 것이 훨씬 예쁘다고 생각했거든요. 크기가 작아서 제가 입을 수는 없었습니다.

우리가 한복을 입고 깔깔 웃으며 놀 때 엄마는 부엌에서 삼색나물과 잡채를 조물조물 무치고 동그랑땡과 생선전을 지글지글 부치고 계셨습니다. 부엌을 오가며 한두 개씩 집어 먹는 맛이 특별했습니다. 고소한 기름 냄새가 집 안 가득 퍼지는 게 정말 좋았습니다. 설 전부터 오래 뽀얗게 우려낸 진짜배기 사골국물에 잘 구운 김을 손으로 부숴 솔솔 뿌리고 김이 모락모락 올라오는 떡국

리카의 봄 여름 가을 겨울

한 그릇 앞에 앉으면 마음속까지 따뜻해졌습니다. 깊고 진한 국물 맛과 쫄깃한 떡을 오물오물 씹어 삼키는 그 순간의 행복을 잊지 못합니다. 그래서 지금도 저는 떡국을 유난히 좋아합니다.

아침에 밖으로 나가 보면 사철 푸른 소나무 위에 하얀 눈이 소복이 쌓여 있고, 한겨울 남천나무에는 붉은 열매가 주렁주렁 달려 바람에 흔들리고 있습니다. 설날 부는 찬바람과 소나무 위에 쌓인 눈은 그때나 지금이나 같습니다. 그러나 세월은 많이 흘렀고, 부모님은 이미 먼 길을 떠나셨습니다. 어느덧 저는 오십 대 중반의 요리 연구가가 되었어요. 어린 시절에 먹은 음식 맛은 늘 마음속에 그리움으로 남아 있습니다.

그래서 결심한 걸까요, 부엌 깊숙한 곳에 잠들어 있던 큰 곰솥을 꺼냈습니다. 사골과 잡뼈, 사태고기를 사 와서 국을 끓이기 시작했습니다. 요즘은 시판 곰탕이나 사골국을 편하게 살 수 있지만 엄마가 끓여 주시던 맛과는 달랐습니다. 핏물을 빼고, 떠오르는 기름을 걷어 내고, 걷어 내고…, 몇 번이나 다시 끓였습니다. 생각보다 할 일이 많고 힘들었습니다. 만드는 내내 '내가 왜 이걸 시작했을까' 하고 중얼거리기도 했습니다. 그러나 따뜻한 국물을 한 숟가락 떠 넣는 순간, 그런 투정이 모두 사라졌습니다. 정말 진국이었습니다. 시간을 뛰어넘어 어린 시절 설날 떡국을 먹던 그 시간으로 돌아가 있었습니다. 하지만 다시 하라고 하면 선뜻 자신이 없습니다. 부모님 세대는 정말 대단하십니다. 그때의 사골국은 그저 평범한 음식이 아니었습니다. 그것은 '사랑'이었습니다.

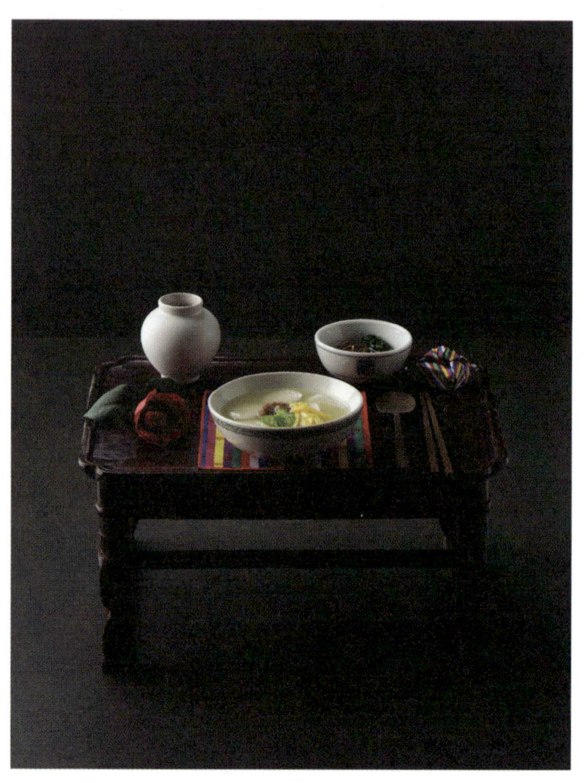

+

정성껏 끓인 국을 그릇에 담고 색동 매트를 곁들
였습니다. 복을 담는 달항아리도 상 위에 함께 올
렸습니다. 요즘 저는 한국적인 아름다움에 더욱
매료되고 있습니다. 가볍지 않은 맛, 따스한 맛, 한
국의 깊은 맛과 정서가 담긴 이 음식을 많은 분과
함께 나누고 싶습니다.

   리카의 봄 여름 가을 겨울

겨울 시금치

✳

입춘이 지났는데 한파 경보라니, 너무 추운 날씨, 내복 입고 옷을 껴입어 보지만 아무래도 움츠러들기 마련입니다. 그런데 이렇게 추운 겨울이 되면 더 맛있어지는 게 있습니다. "뽀빠이 도와줘요!" 어릴 때 참 재미있게 보았던 만화 속 주인공 뽀빠이가 먹던 그것 바로, 시금치입니다. 특히 겨울날 남해 차가운 해풍과 아침 서리를 이겨 내고 얼었다 녹았다를 반복해 자란 시금치는 달큼하면서 초록 잎에 영양이 그득하지요. 엄마의 단골 반찬이었습니다. 엄마가 싸준 김밥 속 시금치도 참 좋아했답니다. 시장에서 시금치를 사 와 데치고 조물조물 맛있게 무쳐 봅니다. 간장 양념을 해도 고추장이나 된장을 넣어도 다 맛있습니다. 마지막에 고소한 참기름을 더하면 더 행복한 맛이 됩니다. 식탁에 시금치가 올라와 있으니 겨울인데도 푸릇푸릇, 자연의 영양을 오롯이 섭취하는 기분입니다. 시금치 된장국도 좋아요. 가끔은 춘권피를 사다 닭가슴살과 시금치, 모차렐라 치즈를 넣고 말아서 노릇노릇 바싹하게 튀겨도 맛있습니다. 일본식으로 육수를 만들어 우스구치 쇼유를 넣고 시금치 오히타시를 만들어도 그게 참 별미에요. 이렇게 추운 날엔 따뜻한 수제비가 최고지요. 시금치를 살짝 데쳐서 블렌더에 윙 하고 가니까 색이 싱그럽습니다. 밀가루에 이 즙을 조금씩 섞으면서 반죽합니다. 하얀 밀가루가 예쁜 초록으로 물이 듭니다. 반복해 계속 치대면 반죽이 꼭 아기 궁둥이 두드리는 것같이 찰집니다.

잘 우린 육수에 반죽을 얇게 하나씩 떠 넣어요. 수제비가 익어서 동동 떠오르면 제 마음도 같이 떠오르는 듯하지요. 따뜻한 국물의 시금치 수제비는 추운 겨울날 움츠렸던 몸과 마음에 초록빛 봄을 선물해 줍니다.

\+

겨울날 남해 차가운 해풍과 아침 서리를 이겨 내고 얼었다 녹았다를 반복해 자란 시금치는 달큼하면서 초록 잎에 영양이 그득하지요.

오히타시(おひたし/お浸し)

시금치나 청경채 같은 채소를 살짝 데친 뒤 가쓰오부시 육수와 간장, 맛술 등으로 만든 간장 국물에 담가 맛을 들이는 일본의 전통 채소 요리입니다. 담백하고 깔끔한 맛으로 일본 가정식에서 자주 곁들이는 반찬입니다.

리카의 봄 여름 가을 겨울

이렇게 추운 날엔 따뜻한 수제비가 최고지요. 시
금치를 살짝 데쳐서 블렌더에 윙 하고 가니까 색
이 싱그럽습니다.

봄이 오는 속삭임, 냉이와 달래

✻

입춘도 우수도 지났지만, 뺨에 닿는 바람은 너무 차갑기만 합니다. 이렇게 추운데, 추운 땅을 뚫고 나온 초록 초록 냉이를 만났습니다. 바지락을 넣어 냉이된장국을 보글보글 끓이고, 갓 지은 따끈한 밥에 다진 냉이와 된장, 깨소금, 고소한 참기름을 넣고 잘 섞어 손에 조물조물 쥐어서 냉이 주먹밥을 만들었습니다. 된장국이 끓으면서 바지락이 한 개, 두 개 입을 활짝 벌려 웃습니다. 향긋한 냉이 향이 '봄은 오고 있어'라며 속삭이는 것만 같습니다.

달래를 사 와 손질합니다. 물에 담가 두기도 했지만 더 깨끗하게 하고 싶어서, 하나씩 하나씩 손질을 했습니다. 시간도 걸리고 이걸 내가 왜 하나 싶어요. 하긴, 엄마도 부엌에서 매일 그렇게 다듬고 계셨죠. 그땐 그냥 엄마는 늘 그러니까 관심도 별로 없었는데.

결국 모두 손질을 끝내서 말끔히 단장한 달래를 보면 기분이 좋아집니다. 가지런히 손가락에 감아 모양을 잡고 중간에 새우를 넣어 예쁘게 부칩니다. 위에 빨간 고추를 얹으니 시간 걸렸던 거 다 잊히고 완성된 새우 달래전이 그저 곱기만 해요. 남은 달래는 송송 썰어 달래장을 만듭니다. 이 달래장만 있으면 밥을 비벼 먹어도 좋고, 곱창 김을 싸 먹으면 맛이 기가 막히죠. 정성스럽게 유리병에 담고 나면 모든 게 그냥 너무 뿌듯해집니다. 밖은 아직 겨울이어도 제 마음엔 이미 봄이 찾아왔어요. 봄의 선물인 냉이와 달래 덕에 행복한 저녁 식사가 되었습니다.

+

바지락을 넣어 냉이된장국을 보글보글 끓이고, 갓
지은 따끈한 밥에 다진 냉이와 된장, 깨소금, 고소한
참기름을 넣고 잘 섞어 손에 조물조물 쥐어서 냉이
주먹밥을 만들었습니다.

새우 달래전

+

모두 손질을 끝내서 말끔히 단장한 달래를 보면 기분이 좋아집니다.

가지런히 손가락에 감아 모양을 잡고 중간에 새우를 넣어 예쁘게 부칩니다. 위에 빨간 고추를 얹으니 시간 걸렸던 거 다 잊히고 완성된 새우 달래전이 그저 곱기만 해요.

선비의 밥상에는 덕이 있는 채소 미나리

✵

미나리강회는 참 예쁜 조선시대 궁중음식입니다. 소고기와 달걀 지단을 데친 미나리에 말아서 초고추장에 찍어 먹는 음식인데요, 맛도 맛이지만 눈으로 봐도 정성스럽고 고운 음식입니다. '한국스럽구나' 하는 생각에 외국인 친구가 오면 만들고 싶은 마음이 절로 듭니다. 조상님들, 참 멋쟁이셨어요. 예로부터 미나리는 덕이 있는 채소로 여겨져 왔습니다. 진흙탕 속에서도 푸른빛을 잃지 않고 자라며 음지에서도 그 힘든 환경을 이겨 내면서 무럭무럭 자란다고 하지요. 더러운 물을 정화하는 작용을 하고, 가뭄도 잘 견뎌서 그 모습이 조상들에게 희망을 주고 믿음을 심어 준 것 같습니다. 그래서 한양의 선비들은 집에서도 미나리를 많이 심었고 선비들의 밥상에 즐겨 오르는 채소였다고 합니다. 명나라 사신 동월은 『조선부』라는 글에서 '조선의 한양과 개성에선 집마다 모두 작은 연못에 미나리를 심는다'라고 썼다 합니다. 미나리는 다양한 요리로 활용됩니다. 나물무침, 볶음, 전을 만들거나 삼겹살과 함께 굽거나 특히, 복국, 매운탕 등 생선탕을 만들 때 시원한 국물 맛을 더하지요. 굴 철이 되면 새콤매콤하게 양념한 미나리무침과 굴을 함께 먹으면 그 맛이 근사합니다. 요즘은 미나리로 파스타도 만들고 더 다양하게 응용해 각양각색 미나리 요리를 만날 수 있는 것 같습니다.

일본에서는 미나리 때문에 난리가 났어요. 방송에서도 미나리 관련 방송을 앞다투어 내보냅니다. 일본어로는 세리라고 하는데 미나리라고 부르는 사람도 많다고 합니다. 삼겹살을 미나리와 함께 구워 맛본 일본 사람들이 너무 맛있다고 입소문이 나면서 인기가 치솟고 있습니다. 세상 참 많이 변했다는 느낌이 듭니다. 비타민, 미네랄이 풍부하고 간을 해독하며 항산화 작용이 뛰어난 알칼리성 식품 미나리. 어떤 환경에서도 강인하게 자신의 푸른빛을 간직하며 자라는 미나리에서 이 어려운 시대를 어찌 살아 낼 수 있을까를 배우게 됩니다. 그런 미나리가 해외에서까지 사랑받는 모습을 보니 어깨가 으쓱해집니다. 선비들의 밥상에 빈번히 오르던 덕이 있는 채소 미나리. 오늘 저녁, 삼겹살을 좀 사서 미나리랑 같이 맛있게 먹어 보려 합니다. 싱싱한 빛과 맑은 향이 생각나서 벌써 기분이 좋아집니다.

   리카의 봄 여름 가을 겨울

도다리쑥국

✼

예쁜 꽃들과 여리여리 어린 풀빛이 바람에 흔들리는 모습이 너무도 아름다운 봄날 어느 노포에서 맛본 생선 국물의 감칠맛이 참 좋았던 생각이 나서, 시장에서 쑥과 도다리를 샀습니다. '봄날 도다리쑥국을 세 번 먹으면 그해 잔병치레를 하지 않는다'고 했습니다. 쑥이 정말 좋기도 하고, 쑥 향을 맡고 있으면 마음이 편안합니다. 멸치도 샀습니다. 반짝반짝 윤이 나고 잘생겼습니다. 도다리를 씻고 쑥을 씻었습니다. 멸치에 다시마와 무를 넣고 육수를 진하게 우려냅니다. 잘 숙성된 된장을 조금 풀어 넣습니다. 다진 마늘과 파를 넣고 도다리를 넣어 끓입니다. 도다리는 너무 오래 끓이지 않습니다. 살이 다 풀어지기 때문입니다. 손으로 찢은 쑥을 넣어 줍니다. 어간장으로 간을 맞추고 칼칼한 걸 좋아하니 청양고추와 홍고추를 넣습니다.

맛을 보았습니다. 쑥 향이 정말 좋아요. 그윽한 쑥 내음과 부드러운 도다리 살! 절로 건강해지는 맛입니다. 가족하고 또 좋아하는 분들과 나눠 먹고 싶습니다. 진짜 깊은 이런 한국의 맛을 외국 분들도 맛볼 수 있으면 얼마나 좋을까요. 우리는 봄, 여름, 가을, 겨울을 함께하며 살아가고 고마운 자연이 주는 것들을 누리고 있습니다. 제철에 나는 재료로 만든 우리 어머니들의 음식과 그 맛이 오래오래 이어져 가길 바랍니다.

도다리쑥국

만드는 법

도다리를 씻고 쑥을 씻었습니다. 멸치에
다시마와 무를 넣고 육수를 진하게
우려냅니다. 그리고 잘 숙성된 된장을
조금 풀어 넣습니다. 다진 마늘과 파를
넣고 도다리를 넣어 끓입니다.

   리카의 봄 여름 가을 겨울

도다리는 너무 오래 끓이지 않습니다.
살이 다 풀어지기 때문입니다. 손으로
찢은 쑥을 넣어 줍니다. 어간장으로 간을
맞추고 칼칼한 걸 좋아하니 청양고추와
홍고추를 넣습니다.

이팝나무가 바람에 흔들리던 봄날 밥상

일이 너무 많아서 그런 건지 지치고, 좀처럼 기분이 좋아지지 않습니다. 아무리 그래도 금방 기운을 내는 편인데, 만사가 귀찮고 힘들어서 어디론가 훌쩍 떠나고 싶어지는 날입니다. 과부하가 되었달까요. 의욕이 뚝 떨어져서 한 끼 밥 그냥 시켜 먹을까, 포장할까 망설였습니다. 그러다 문득 '아, 참, 팥밥이 있지.' 어제도 마음이 안 좋아서 기분을 좀 바꿔 볼 생각에 팥밥을 했다는 게 기억났습니다. 저는 팥을 엄청나게 좋아합니다. 주말이면 엄마는 딸이 좋아한다고 붉은 팥밥을 지어 놓고 기다리곤 하셨지요. '좌르르' 팥을 씻을 때 나는 소리도, 색깔도, 또 그걸 삶을 때도 기분이 참 좋습니다. 그래서 평범한 밥이 아닌 붉은 팥밥을 했습니다, 특별한 날인 것처럼.

냉장고를 뒤적이니 말린 생선이 있어요. 생선 팔던 시장 할머니가, 이건 비싼 생선이다, 참 맛있다, 하셨는데 진짜일까, 하면서 제법 단단하고 억센 바늘, 못생긴 얼굴을 한 붉은 생선, 쏨뱅이를 꺼냈습니다. 항아리에 잘 숙성된 진짜 된장이 있고 다시마와 다시 멸치가 있으니 맛있는 된장국을 끓일 수 있겠다 싶어 거듭 냉장고를 뒤집니다. 배추랑 잘라 놓은 두부 반 모, 버섯, 양파, 청양고추를 꺼냈습니다. 된장국이 보글보글 끓고 생선이 지글지글 구워지고 있습니다. 부엌 온도가 올라가듯 마음도 생기가 돌기 시작합니다. 팥밥을 공기에 뜨고 열심히 생선을 발라 먹었습니다.

                    리카의 봄 여름 가을 겨울

반건조 쏨뱅이가 담백하고 쫄깃합니다. 된장국도 구수하니 시골 맛입니다. 얼마 전 담근 풋마늘 장아찌도 밥도둑입니다. 밥을 다 먹고 나서 바람도 쐴 겸 밖으로 나갔습니다. 이팝나무꽃이 하얗게 활짝 펴서 바람에 흩날리는 모습이 예쁜 날입니다. 이팝나무꽃이 많이 피는 해는 풍년이 되고 그렇지 못한 해엔 흉년이 든다고 하던데, 꽃이 저렇게 하얗게 많이 달려 있으니, 올해는 풍년이지 않을까요? 점심도 맛나게 먹었겠다, 나도 풍년이어라, 다시 기운을 내봐야겠습니다.

+

팥밥과 보름나물, 부럼을 올린 리카의 밥상

인생은 장밋빛

✻

장밋빛을 닮은 홍차 틴 케이스를 열어 은은한 장미 향 도는 '로즈 포총'을 한잔 마십니다. 저는 장미가 들어 있는 홍차를 즐겨 마십니다. 홍차에 장미, 어찌 생각하면 이상할 것 같지만, 계절의 여왕 5월이면 장미가 은은하게 잘 블렌딩된 홍차들이 많습니다. 로즈 포총 틴을 열면 분홍빛 장미꽃잎이 쏟아질 듯 들어 있어요. 중국 기문찻잎에 장미꽃잎을 넣어 말린 티인데요, 부드럽게 녹아든 스모키향 속에 은은하게 장미 향이 납니다. 포트넘앤메이슨의 '남산 브랜드'도 있습니다. 봄날 남산을 아름답게 물들이는 장미꽃을 모티브로 만든 티로 홍차의 샴페인이라고 하는 다즐링과 블렌딩되어 있는데, 다즐링 중에서도 좋은 등급인 FTGFOP를 사용했습니다. 마리아쥬프레르의 '로즈 드 히말라야'는 히말라야 고원지대의 다즐링과 최고급 장미 오일을 블렌딩해서 만든 티입니다. 고원지대의 햇살과 장미가 어우러져 티타임을 행복하게 만들어 줍니다. 남산브랜드와 로즈 드 히말라야를 많이도 마셨나 봅니다. 벌써 몇 통을 비웠는지 모르겠습니다.

　　장미를 요리에 사용한다고 하면 약간 거부감이 드실지도 모르겠습니다. 싱가포르에 살 때 세계 여러 나라 사람을 많이 만나면서 다양한 문화를 경험할 수 있었습니다. 어느 날 한 호텔 뷔페에 갔어요. 그때가 마침 튀르키예 요리 페스티벌이어서 그곳 요리를 이것저것 맛볼 수 있었습니다.

+
포트넘앤메이슨의
'남산 브랜드'

디저트 파트에 있던 튀르키예식 디저트들이 기억에 남아
요. 피스타치오 맛, 레몬 맛, 민트 맛 그리고 붉은색 장미 맛이 있
었습니다. 옛날 페르시아에서는 장미즙을 마시면 연인이 절대 헤
어지지 않는다고 믿었다고 해요. 유럽과 아시아, 북아프리카 등에
장미수가 퍼져 나가 캔디, 젤리, 케이크, 아이스크림 같은 디저트
류에 사용되면서 요리에도 사용되었다고 합니다. 인도의 장미 음
료 라씨, 이란과 중동의 장미 아이스크림 등에 사용되었죠.

집 앞 작은 공원에 장미가 정말 아름답게 피었습니다. 산보
나가면 꼭 들려서 옵니다. 쪼그려 앉아서 막 떨어진, 융단같이 부
드럽고 고운 색 장미잎을 주워 돌아와 곱게 말렸습니다. 자연에서

리카의 봄 여름 가을 겨울

얻은 소재들을 푸드스타일링에 잘 사용하고 있습니다. 장미가 이렇게 탐스럽게 피어 있는 날에 즐기는 장미 향의 차는 행복을 선사합니다. 살다 보면 원치 않는 일도 만나게 되지만, 계절을 담은 차 한잔 마시며 마음을 가다듬고 생각해 봅니다. 앞으로 인생도 늘 아름다운 장밋빛이길 바라면서.

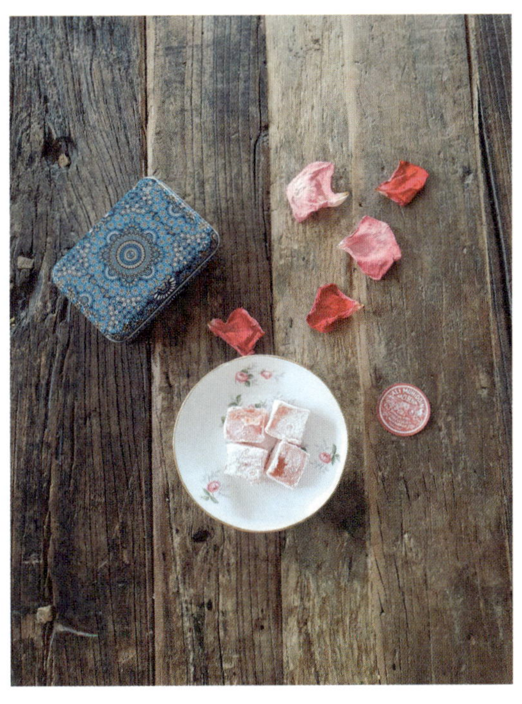

붉은색 장미 맛 '터키시 딜라이트'

비 오는 날 위로의 야채수프

✻

비가 제법 내립니다. 5월, 청 단풍 위로 떨어지는 맑은 빗방울이 청아합니다. 분주하게 보내다 보니 벌써 금요일입니다. 좀 바빠서, 사 먹기도 하고 대충 먹기도 해서, 채소를 부족하게 먹은 것 같습니다. 채소로 수프를 끓여야겠습니다. 장바구니 안에는 신선한 채소들이 가득합니다. 채소를 씻을 때부터 좋은 에너지가 전해져 옵니다. 붉은 토마토, 초록빛 브로콜리, 셀러리 듬뿍, 양파, 양배추, 버섯 등 있는 채소를 이것저것 먹기 좋은 크기로 잘라 다 넣어 줍니다. 약간 큰 냄비에 채소가 잠길 정도만 물을 부어서 스톡을 넣고 끓입니다. 특별한 기술은 없어요. 자연에서 자란 채소들이 뭉근히 익으면서 건강하고 깊은 맛을 선물해 줍니다. 페페론치노 대신 한창 나오고 있는 청양고추를 넣습니다. 채소에서 우러나온 감칠맛 있는 육수와 칼칼한 청양고추가 어우러져 맛이 제법 근사합니다. 소금, 후추로 간 맞추고 좋아하는 치즈를 듬뿍 넣어서 먹으면 맛도 좋고 몸이 힐링되면서 해독되는 느낌입니다. 외식으로 영양 균형이 깨져 있는 사람들에게도 좋고 체중 조절식, 건강식으로도 좋은 한 그릇입니다. 비 오는 날, 라흐마니노프의 교향곡이나 슈만의 '트로이메라이'를 틀어 놓고 따뜻한 수프를 먹으니 시끄러운 마음이 조용해집니다. 소분해 나눠 먹어도 좋습니다. 한 냄비 끓여 놓으니까, 엄마가 다녀간 것같이 든든했습니다.

위로의 야채수프

붉은 토마토, 초록빛 브로콜리, 셀러리 듬뿍, 양파, 양배추, 버섯 등 있는 채소를 이것저것 먹기 좋은 크기로 잘라 다 넣어 줍니다. 약간 큰 냄비에 채소가 잠길 정도만 물을 부어서 스톡을 넣고 끓입니다. 페페론치노 대신 한창 나오고 있는 청양고추를 넣습니다. 소금, 후추로 간 맞추고 좋아하는 치즈를 듬뿍 넣어서 먹으면 맛도 좋고 몸이 힐링되면서 해독되는 느낌입니다.

갓 구운 고로케 정식이 먹고 싶은 날

✴

'토끼정'이라고, 무라카미 하루키 소설 『상실의 시대』에서 남자 주인공이 자주 가는 밥집이 있습니다. 책을 읽다 보면 부엌으로 바로 달려가 감자를 포슬포슬하게 삶아서 고로케(크로켓)를 만들고 싶어집니다. 바삭하게 빵가루가 살아 있는, 기름에 막 튀겨 나온, 쇠고기와 감자로만 만든 고로케를 삼나무 젓가락으로 잡아서 뜨끈할 때 베어 물면 이건 거의 "예술품"이라고 쓰여 있습니다. 정식에 딸려 나오는 보리밥과 바지락 된장국, 그리고 큰 그릇에 담긴 양배추샐러드와 함께 갓 튀긴 고로케 정식을 맛나게 먹는 모습이 너무나 잘 표현돼 있어서, 감자를 으깨서 소고기와 야채 넣고 손으로 모양을 만들어 밀가루, 달걀, 빵가루를 묻혀 지글지글 튀기는 번거로운 수고를 하고 싶어집니다. 튀기고 나면 온통 치울 것투성이지만, 집에서 직접 만들어 바로 먹는 기쁨에 비하면 그 정도 수고는 괜찮습니다. 지글지글, 적당한 온도에 튀긴 브라운색의 바삭한 고로케를 뜨거울 때 한입 베어 물면 속에 든 감자가 입안에서 사르르 부드럽게 녹습니다.

감자가 좋아서 집에 감자를 상비해 두고 있습니다. 카레라이스도 만들고 카레 루가 없는 날은 간장, 미림을 넣어 일본 대표 가정식, 일본인의 소울푸드라 할 수 있는 국민 요리 니쿠자가를 맛있게 조려 냅니다. 때론 수프를 끓입니다. 감자를 갈아 넣어 눈이 녹는 것같이 부드럽게 끓인 감자수프는 스트레스가 좀 있는 날

 리카의 봄 여름 가을 겨울

이나 피곤한 날이면 맘속까지 따듯하게 어루만져 줍니다. 구수하게 멸치와 다시마로 육수를 낸 된장국에도 애호박이랑 같이 썰어 넣으면 푸근푸근한 마음이 됩니다. 오늘은 감자로 무얼 해볼까요?

니쿠자가(肉じゃが)

일본의 대표적인 가정식 요리로, 소고기와 감자, 양파, 실곤약 등을 기름에 볶은 뒤 간장, 설탕, 미림으로 달콤짭짤하게 조려 만드는 음식입니다. 일본에서는 '어머니의 맛'이라 불리는 국민적인 가정 요리로, 밥반찬으로 즐겨 먹습니다.

수국이 핀 날 반찬 만들기

✼

6월은 장마가 시작되고 뚝뚝 빗방울이 떨어지듯 수국이 피는 계절입니다. 수국을 보고 있으면 신비로운 생각이 듭니다. 엄마는 꽃을 참 좋아하셨는데, 그중에서도 수국을 좋아하셨습니다. 이렇게 비가 오는 날이면 엄마가 사서 씌워 준 우산이며 장화가 떠오르고, 그 장화를 신고 나가 첨벙첨벙 물웅덩이에서 장난쳤던 일도 생각납니다. 비가 많이 내리던 날 하나밖에 없는 우산을 딸에게 씌우느라 엄마 어깨는 반쯤 젖어 있었지요. 초여름날에도 엄마는 우리 삼 남매들 먹이고 싶어서 주방에서 늘 무엇인가를 만드셨습니다. 그렇게 엄마 집밥을 먹고 자라서 제 맘속에는 음식에 대한 따스한 기억이 있고, 부엌에서 계절을 만나는 시간을 사랑하게 되었습니다. 초여름 단백질을 맛있게 섭취할 수 있는 닭가슴살 장을 만들어 볼까 합니다. 만들어서 냉장고에 넣어 두면 반찬 걱정이 없습니다. 밥 한 그릇이 뚝딱입니다. 깻잎이나 김에 싸 먹어도 좋고 밥에 비벼 먹어도 좋습니다. 국수 고명으로 넣어도 맛있습니다. 엄마가 반찬 담을 때 사용하시던 수국 그림이 있는 그릇에 담아 봤습니다.

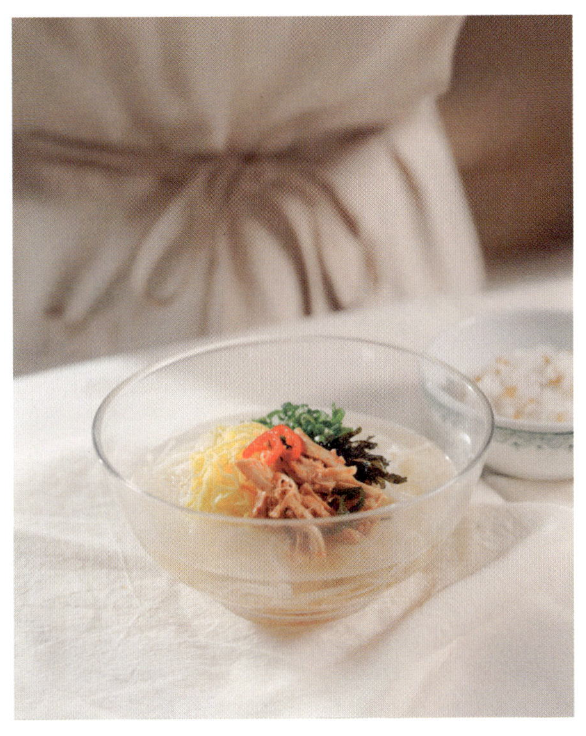

집밥을 먹고 자라서 제 맘속에는 음식에 대
한 따스한 기억이 있고, 부엌에서 계절을
만나는 시간을 사랑하게 되었습니다.

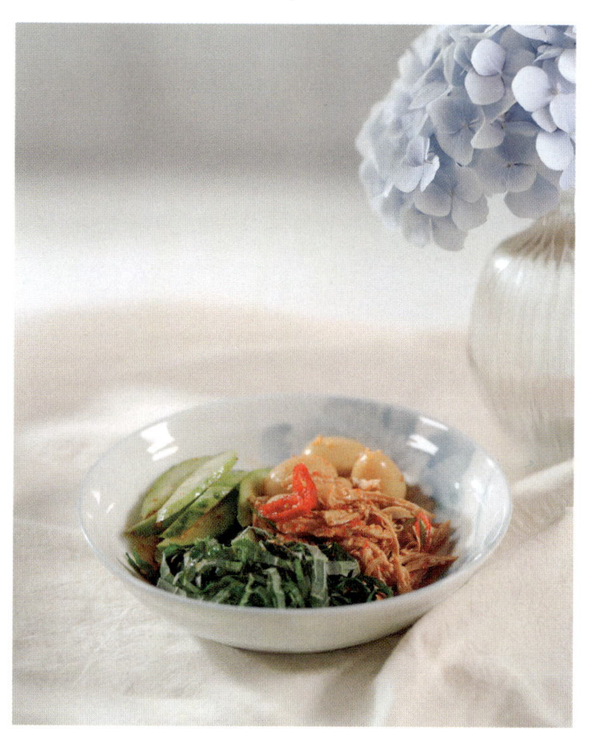

깻잎이나 김에 싸 먹어도 좋고 밥에 비벼
먹어도 좋습니다. 국수 고명으로 넣어도 맛
있습니다. 엄마가 반찬 담을 때 사용하시던
수국 그림이 있는 그릇에 담아 봤습니다.

리카의 봄 여름 가을 겨울

닭가슴살 장

재료

닭가슴살 1개(약 100g 정도)

메추리알 10개 정도

비법소스

간장 5큰술

닭 삶은 물(닭 육수) 6큰술

설탕 1큰술 반

고춧가루 1큰술

깨 1큰술

다진마늘 3-4개

파 15cm 정도

치킨파우더 1/2 작은술 또는 혼다시

청양고추 1개

홍고추 1개

소금, 후추 약간

만드는 법

1. 닭가슴살은 마늘, 파, 청주를 넣고 삶아 줍니다.
2. 삶은 닭가슴살을 먹기 좋은 크기로 찢어 준비합니다.
3. 간장, 닭 육수, 설탕, 다진 마늘, 파, 깨, 치킨파우더, 청·홍고추, 참기름을 넣고 잘 섞어 장을 만듭니다.
4. 만든 장에 닭가슴살을 넣고 재웁니다.
5. 취향에 따라 메추라기알을 넣어도 좋습니다.

8월의 샌드위치

※

나무수국꽃이 하얗고 탐스럽게 피어 있고 비가 온 다음 날이어서 하늘은 높고 잠자리들이 날아다닙니다. 무궁화도 피어 있고 해바라기, 금잔화도 아름다운 시절, 복숭아, 천도복숭아, 살구, 포도 등 여름 과일도 풍성합니다. 초록빛이 참 예쁜 썸머킹 사과도 나와 있습니다. 신비로운 분홍빛 예쁜 복숭아는 그냥 먹어도 맛이 너무 행복하지요. 천도복숭아는 살짝 구워서 꿀을 뿌려 치즈와 함께 오픈샌드위치를 만들어도 맛있고 슬라이스해서 샌드위치 안에 넣어도 맛있습니다. 치아바타, 크루아상, 바게트, 베이글 등 빵을 선택하고 아이올리소스를 만듭니다. 마요네즈가 부담스러우면 그릭요거트를 섞어요. 홀그레인머스터드와 꿀, 허브가루 약간, 소금, 후추를 섞어서 만든 아이올리소스를 빵 한 쪽 면에 바르고 브리 치즈, 브라타 치즈, 프레시 모차렐라, 카망베르 등 원하는 치즈, 그리고 프로슈토, 하몽, 장봉, 모르타델라 등 좋아하는 햄을 넣어 줍니다. 양상추, 로메인, 루콜라 등 그린 채소를 올리고 다른 한 쪽 면엔 버터나 잼을 발라서 완성합니다. 복숭아나 초록사과가 나오는 계절이니 과일을 슬라이스해서 넣으면 8월의 여름 제철을 담은 샌드위치가 완성됩니다. 하나라도 더 먹이고 싶어서 샌드위치 안에 여러 재료를 꾹꾹 넣다 보면…, '사랑'이라는 단어가 생각납니다.

리카의 봄 여름 가을 겨울

+

샌드위치 안에 여러 재료를 꾹꾹 넣다 보
면…, '사랑'이라는 단어가 생각납니다.

당근 라페

우리 집에서는 아침에 밥을 거의 안 먹습니다. 간단히 빵이나 제철 과일, 채소, 홈메이드 주스, 아몬드 밀크, 요거트, 오트밀, 에그 스크램블이나 달걀프라이 등을 먹는 날이 많지요. 샌드위치도 만들곤 합니다. 좀 특별한 샌드위치가 없을까 생각하다가 마침 지인 분이 시골에서 보내 준 당근이 있어서 샐러드로도 먹고 샌드위치 안에도 넣어 먹으면 좋을 것 같아 당근 라페를 만들기로 했습니다. 당근은 언제나 흙이 묻어 있는 흙 당근을 삽니다. 물에 깨끗하게 씻어서 썰기 시작합니다. 톡톡톡 톡, 나무 도마 위로 경쾌하게 퍼져 나가는 소리도 참 좋고, 예쁜 주황색도 눈을 즐겁게 해줍니다. 깨끗한 볼을 꺼내 당근을 소금에 살짝 절인 후 올리브유, 식초, 설탕, 홀그레인머스터드, 후추를 넣은 소스를 넣어서 맛있게 섞어 줍니다. 마음속으로 '맛있어져라…' 주문을 외워 봅니다. 냉장고 서랍 안을 뒤적이니 크랜베리도 있어서 한 줌 넣으니, 붉은색과 주황색이 어우러져서 시골 당근이 프랑스로 유학 온 것같이 세련된 당근 라페가 완성되었습니다. 잠시 두었다가 포크로 찍어서 맛을 보니 식감도 좋고 달콤, 새콤하게 맛있는 당근 라페. 그냥 먹어도 맛있지만, 샌드위치 안에 넣어서 먹으니까 잘 어울렸습니다. 가끔은 식초, 소금, 설탕, 올리브유, 쿠민을 넣은 라페도 만들어 먹습니다.

쿠민은 원래 지중해와 서아시아 쪽에서 많이 쓰이는 향신

　　　　　　　리카의 봄 여름 가을 겨울

료입니다. 아주 조금만 넣어도 특유의 따뜻하고 스파이시한 향이 올라와 평범한 샐러드가 다른 나라로 여행을 떠난 것처럼 느낌이 달라집니다. 소화를 돕는 효능도 있다고 해서, 식후에 먹으면 몸도 한결 가벼워지는 것 같습니다. 쿠민을 넣은 당근 라페는 은근히 중독성 있답니다.

가끔은 식초, 소금, 설탕, 올리브유, 쿠민을 넣은 라페도 만들어 먹습니다.

119

+

새콤하게 맛있는 당근 라페. 그냥 먹어도
맛있지만, 샌드위치 안에 넣어서 먹으니까
잘 어울렸습니다.

여름날의 선물 토마토와 가지

✳

어느덧 한여름이 되었습니다. 토마토와 가지를 많이 얻었습니다. 꽤 많은 양이라 어떻게 먹을까 생각하다가, 가지는 일부 썰어서 말려 나물로 먹기로 했습니다. 숭숭 썰어서 채반에 널었습니다. 햇볕에 잘 마르고 있는 가지를 보니 조물조물 무쳐 먹을 생각에 기분이 좋았습니다. 나머지 토마토와 가지를 듬뿍 넣고 오랜만에 카레를 만들기로 했습니다. 소고기, 양파, 마늘, 생강 등 다른 재료도 준비했습니다. 팬에 버터와 식용유를 같이 넣고 마늘, 생강을 볶다가 쇠고기를 넣고 청주, 미림, 소금, 후추로 간했습니다. 그다음 양파, 가지를 넣고 볶고 토마토를 넣어 볶다가 물 조금 붓고, 스톡 약간, 월계수 잎을 넣고 보글보글 끓였습니다. 어느 정도 끓으면 카레를 넣고 쿠민, 강황, 고춧가루, 후춧가루를 넣은 후 우스터 소스, 케첩도 약간 넣었습니다. 집에 있는 재료만 가지고 만들었지만 토마토페이스트나 토마토소스가 있으면 조금 넣어도 좋습니다. 그리고 토마토 신맛을 잡기 위해 설탕과 꿀도 넣고 숨은 맛으로 고추장을 약간 더했습니다. 소고기가 푹 익어 갔습니다. 붉은 토마토가 뭉그러지고 다른 여러 재료들이 자신만이 가진 맛을 뽐내면서 어우러지기 시작했습니다. 중간중간 부족한 간을 하며 뭉근히 끓여 주었습니다. 기대보다 훨씬 맛있게 완성되었습니다. 카레라고 해야 할까요, 스튜라고 해야 할까요. 꽤 근사한 맛입니다. 와인하고도 잘 어울리겠어요. 마침, 삶아 놓았던 렌틸콩도 좀 넣고 치아바타 빵과 함께 곁들여 먹으니 외국 어느 마을, 작은 레스토랑에 와 있는 기분이 들었습니다. 익숙한 가지나물 무침이나 가지냉국도 좋지만, 가끔 색다른 요리를 만들어 보는 것도 즐거움이란 생각이 들었습니다. 세상에는 아직 가보지 못한 장소들, 내가 아직 맛보지 못한 맛, 아직 경험하지 못한 것들이 참 많이 있습니다.

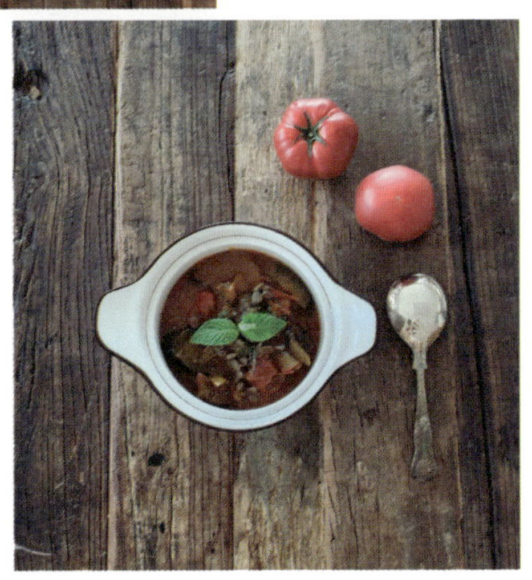

+

토마토와 가지를 듬뿍 넣고 오랜만에 카레
를 만들기로 했습니다.

리카의 봄 여름 가을 겨울

토마토 가지 카레

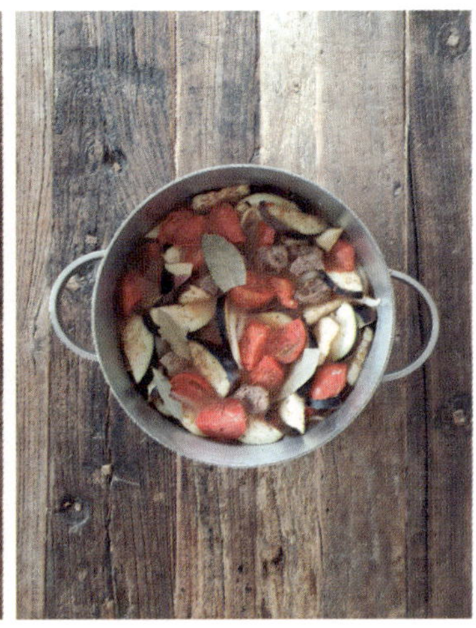

만드는 법

팬에 버터와 식용유를 함께 넣고 마늘, 생강을 볶다가 쇠고기를
넣어 청주, 미림, 소금, 후추로 간했습니다. 그다음 양파와
가지를 넣어 볶고 토마토를 넣어 볶다가 물 조금 붓고, 스톡
약간, 월계수 잎을 넣고 보글보글 끓였습니다. 어느 정도 끓으면
카레를 넣고 쿠민, 강황, 고춧가루, 후춧가루를 넣은 후 우스터
소스, 케첩도 약간 넣었습니다. 집에 있는 재료만 가지고
만들었지만 토마토페이스트나 토마토소스가 있으면 조금
넣어도 좋습니다. 그리고 토마토 신맛을 잡기 위해 설탕과 꿀도
넣고 숨은 맛으로 고추장을 약간 더했습니다.

지금 내가 먹고 있는 것에 마음 가져다 놓기

✧

휴머노이드, AI, 온통 디지털화된 세상은 급류처럼 빠르게 흐르고 변하고 있습니다. 저는 조금 불편하더라도 느리고 자연에 가까운 것들을 좋아합니다. 올해는 마음을 더 자연 쪽으로 기울여 보려 합니다. 가공되지 않은 것, 자연에 가까운 것을 먹고, 몸과 마음이 쉼을 찾을 수 있도록 생활하며, 나 자신을 다시 들여다보는 마음 챙기기. 어느 날 TV에서 100세 노인에게 장수 비결을 묻는 장면을 보았습니다. "무엇을 드셨나요"라는 질문에 그분은 잠시 웃으며 이렇게 말씀하셨습니다. "특별한 게 아니라…, 절제요." 그 한마디가 조용히 마음 깊숙이 내려앉았습니다. 절제한다는 것, 생각보다 어렵습니다. 바쁘다는 이유로 끼니를 대충 때우고, 무엇을 먹을지 고민하기보다 상황과 기분에 내맡기듯 먹어 버릴 때가 많습니다. 그래서 이렇게 다짐해 보았습니다. '지금 내가 먹고 있는 것에 마음 가져다 놓기.'

저는 고기를 좋아합니다. 좋은 단백질을 먹는 일은 분명 중요해요. 하지만 콩이 가진 단단한 힘에도 귀 기울여 보려 합니다. 청국장, 낫토, 템페 같은 느린 발효의 시간을 품은 식품들, 그 안에는 눈에 보이지 않는 시간과 보살핌이 깃들어 있습니다. 아침에는 서리태 파우더에 바나나, 우유, 아보카도를 넣어 주스를 만들기도 합니다. 초록빛 채소의 선명한 생명력, 과일의 순한 달콤함을 의식적으로 더 많이 먹어 보자고 생각했습니다. 채소가 매번 냉장고

  리카의 봄 여름 가을 겨울

에 가득하지는 않습니다. 혼자 사는 사람도 많아진 시대, 멀게 느껴질 수도 있지만 요즘은 냉동 채소 과일을 잘 활용하고 있습니다. 아침에 냉동실을 열어 냉동 과일과 채소도 고맙게 빌려 씁니다. 냉동 베리류와 바나나, 또는 바나나와 연근에다 우유(두유), 당근, 사과, 케일, 레몬즙 그리고 살짝 올리는 생강이나 꿀…. 유리잔을 들면 색과 향이 먼저 몸을 깨웁니다. 볶음밥을 만들 때, 고기는 듬뿍 채소는 조금만 넣곤 했었는데, 통곡물 밥 위에 템페와 채소를 아낌없이 얹어 볶아도 맛있네요. 연근을 듬뿍 넣어 보니 아삭한 식감이 참 좋습니다. 작은 변화가 생각보다 깊은 맛을 알게 해줍니다.

이런저런 일로 지친 몸에는 비타민과 미네랄, 식이섬유가 가득한 자연의 음식이 다정한 위로가 되어 줍니다. 가라앉은 면역을 북돋우고 어둡게 녹슨 몸속 부분들을 조용히 닦아 내는 것 같습니다. 나이 들어가고 있지만, 주름 조금 있어도 윤기를 간직한 피부와 풍성한 검은 머리를 오래도록 간직하고 싶습니다. 방법은, 화려한 비밀이 아니라 결국, 내가 매일 무엇을 먹고 어떤 마음으로 살아가는가에 닿아 있음을 느낍니다. 'wholesome food, wholesome life'(몸에 좋은 음식과 생활), 이것이 제가 올해 음식을 대하는 작은 지혜입니다.

템페(tempeh)

청국장, 낫토와 함께 세계 3대 발효식품으로 꼽히는 인도네시아의 전통 발효 식품입니다. 삶은 콩을 발효시켜 만든 고단백 식재료로, 담백하면서도 고소한 맛이 특징이며 다양한 요리에 활용됩니다.

리카의 봄 여름 가을 겨울

CHAPTER 3

세상을 누비다

여러 언어가 한꺼번에 공기를 채우던 그 거리

사시스세소

✳

일본에 살면서 배운 것들은 제게 소중한 재산입니다. 제 일본 요리 강의에서는 일본의 역사, 문화, 지역 이야기, 그릇, 소스 맛집, 요즘 트렌드 등 그곳에서 느낀 경험을 나눕니다. 일본 요리 재료 이야기만 해도 책 한 권은 만들어질 것 같습니다. 먼저, '사시스세소'. 히라가나를 외울 때 아이우에오, 카키쿠케코… 에 나오는 순서입니다만 이건 일본 요리 기본양념인 사(사토, 설탕), 시(시오, 소금), 스(식초), 세(쇼유, 간장), 소(미소, 된장)을 가리키는 말입니다. 그러니까 조미료를 사용하는 순서이지요. 설탕–소금–식초–간장–된장 순으로 넣어야 식재료의 맛이 산다고 해요. 그래서 저도 요리할 땐 이 순서를 되도록 지키려고 합니다.

간단하면서도 속 재료를 여러 가지 넣어 한 그릇만으로도 영양 가득하게 먹을 수 있는 미소된장국을 끓여 볼까요? 제대로 끓이는 법을 모르는 분도 많이 계십니다. 미소는 만드는 법과 재료, 지역에 따라 수백 가지가 넘습니다. 크게는 시로미소(백된장), 아카미소(적된장), 아와세미소(혼합된장)로 나뉩니다. 미소된장은 우리나라 된장과 달리 오래 끓이지 않습니다. 마지막에 살짝 끓여서 맛과 풍미를 지켜 줍니다. 무엇보다 먼저 육수를 맛있게 끓여야 합니다. 일본 여행을 가게 되면 몇백 년 된 노포나 가쓰오 전문 매장에서 가쓰오부시를 사 옵니다. 다시마는 일본에서 홋카이도산을 쳐주지만 한국에도 기장, 완도 등에서 좋은 걸 구할 수 있어서 한국 것을 사용합니다. 요즘은 간단히 쓸 수 있는 육수 팩이 많이 나와 있어서, 바쁜 날엔 육수 팩을 사용합니다. 맛있게 낸 육수에 계절 재료를 넣고 한소끔 끓으면 미소를 풀어 줍니다. 간장은 크게 코이구치 쇼유(양조간장)와 우스구치 쇼유(국간장)로 나뉩니다. 코이는 진하다는 뜻이에요. 빛깔이 진한 것을 말합니다. 우스이는 흐리다, 옅다는 뜻입니다. 코이구치 쇼유에 비해 색이 옅은 것을 말하는데 염도는 더 강합니다. 쯔유는 가쓰오부시와 다시마 등으로 낸 일본 육수에 간장, 미림, 설탕, 청주 등을 넣어 만든 맛간장으로, 희석해서 여러 가지 일본 요리를 간편하게 만들 수 있습니다. 시판 쯔유도 있지만 집에서도 맛있는 쯔유를 만들 수 있어요. 요즘은 SNS를 통해 레시피를 많이 얻을 수 있지만, 이것저것 모아 봐도 일본 가정 요리를 체계적으로 익히기란 쉽지 않은 것 같습니다. 제대로, 차근차근 배울 수 있는 일본 가정 요리, 지역마다 조금씩 다른 일본 가정식의 특징, 일본 요리에서 빼놓을 수 없는 담음새, 그릇 구매법과 사용법, 음식에 담긴 일본의 사계절 이야기, 정성스러운 일본식 디저트와 차에 관한 지식까지, 제가 수십 년의 경험을 통해 배워 온 모든 것을, 요리 테크닉만을 가르치는 것이 아닌, 그들 문화와 가정의 소박한 이야기를 함께 나누는 '리카만의 일본 가정 요리 강의'를 가치 있게 전하고 싶습니다.

세상을 누비다

+

아코메야 도쿄의 간장, 숙성 흑초, 된장,
천일염

가쓰오부시가 있는 부엌

가쓰오부시란 가다랑어를 잡아 삶아서 훈연 후 건조하고 발효 숙성시킨 일본의 보존 식품입니다. 농축된 깊은 맛은 제대로 된 가쓰오부시에서 시작됩니다. 일본에서 가쓰오부시가 유명한 곳은 가고시마, 시즈오카 등입니다. 곰팡이(가비)를 붙여 발효 숙성시켜 수년간 맛을 응축시킨 제품도 있습니다. 맛있는 가쓰오부시를 다시마와 함께 잘 우려서 육수를 만들면 정말 대단한 감칠맛이 납니다. 일본 니혼바시에는 가쓰오부시 노포들이 많이 모여 있습니다. 이런 노포에 들러 가쓰오부시와 일본 육수, 일본 식재료를 구입하는 것은 대단히 즐거운 일입니다. 집에서도 일본 노포, 일본 맛집의 맛을 재현할 수 있기 때문입니다. 장바구니에 담아 돌아가서 여행을 함께 오지 못한 가족을 위해 음식을 맛있게 만들어 나누면 정말 행복합니다. 가쓰오부시의 깊은 향이 가득한 니혼바시 닌벤에 들어가면 '이 나라의 맛 여기서부터!'라는 글귀가 새겨져 있습니다. 발효학자 고이즈미 다케오 교수가 말하길 일본 음식 맛의 비밀은 '다시 문화'에 있다고 합니다. '고다와리', 엄선한 재료로 만든 일본 육수는 모든 일본 요리 맛을 훌륭하게 해줍니다. 저역시 모든 요리의 기본은 맛있는 육수라고 생각합니다. 일본 가고시마와 시즈오카 등 산지에서 난 상급 가다랑어를 잘 가공해 나온 가쓰오부시로 만든 요리가 일본을 이끌어 온 힘이 아닐까. 제대로 만드는 깊은 맛을 추구하는 주부이자 요리 연구가인 저로서는 참

   세상을 누비다

공감되는 문장이었습니다. 집에 제대로 만든 가쓰오부시가 한 봉지 놓여 있으면 마음이 참 든든해집니다. '언제든 맛있는 일본 가정 요리를 만들 수 있다'는 작은 자신감이 부엌 한쪽에 살짝 기대 있는 느낌이에요. 반찬이 마땅치 않은 날에는 따끈한 밥으로 오니기리(주먹밥)를 쥡니다. 가쓰오부시와 참깨, 소금 한 꼬집, 잘게 다진 츠케모노나 단무지, 쪽파, 그리고 김, 그것만으로도 소박하지만 행복한 맛이 만들어집니다. 우동이나 샤브샤브의 국물을 정성껏 끓여 내는 순간, 부엌 가득 퍼지는 향은 식탁을 일본 골목에서 만난 작은 식당으로 바꾸어 놓습니다. 지글지글 익어 가는 오코노미야키 위에 가쓰오부시를 살짝 흩뿌리면 얇은 조각들이 바람결처럼 흔들리며 춤을 춥니다. 소스를 뿌려 한입 베어 물면 문득 오사카 거리의 밤공기와 그때 친구들과 함께 웃던 따스한 순간까지 같이 떠오릅니다. 갓 지은 밥을 좋아하는 그릇에 담고 위에 간장을 살짝 둘러 가쓰오부시와 달걀을 비벼 먹으면 일본 영화 속 주인공이 된 것 같습니다. 제대로 만들어진 가쓰오부시는 맛뿐 아니라 영양도 깊습니다. 몸을 채우는 아미노산, 단백질 그리고 여러 미네랄과 비타민들이 보이지 않게 우리 몸을 도와줍니다. 그래서인지 한 그릇을 다 비우고 나면 마음까지 든든해집니다. 좋은 가쓰오부시는 살짝 숨겨 두곤 합니다. 가족이 모이는 날, 소중한 손님이 찾아오는 날, 정성을 담아 요리를 준비하고 싶을 때 꺼내서 마음 담은 요리를 만듭니다. 그날은 작은 부엌의 공기가 '맛있게 만들어야겠다'는 마음으로 가득합니다. 맛있게 완성된 요리를 제가 좋아하는 그릇에 정성껏 담습니다. 가쓰오부시는 제 요리에

서 빠질 수 없는 재료이자 오랜 시간 일본의 맛과 이야기를 전해
온 소중한 재료입니다.

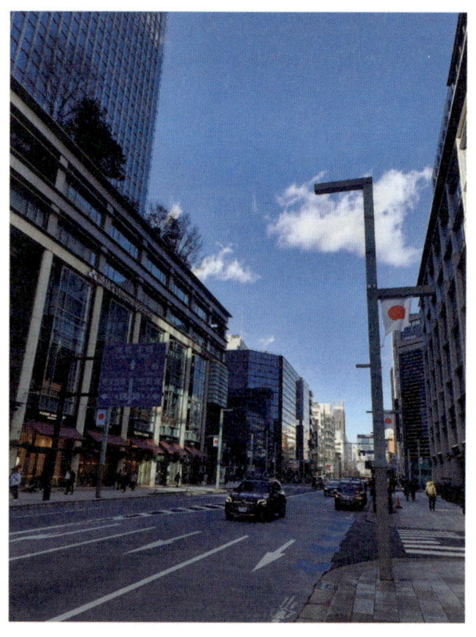

니혼바시에는 가쓰오부시 노포들이 많이 모여 있습
니다. 니혼바시 코레도 건물에 니혼바시 가쓰오부
시 집 닌벤이 입주해 있습니다. 일본 도쿄도 주오구
의 니혼바시강을 가로지르는 다리 이름이 니혼바시
로, 다리 주위로 발달한 상업지구를 가리키는 지명
입니다.

세상을 누비다

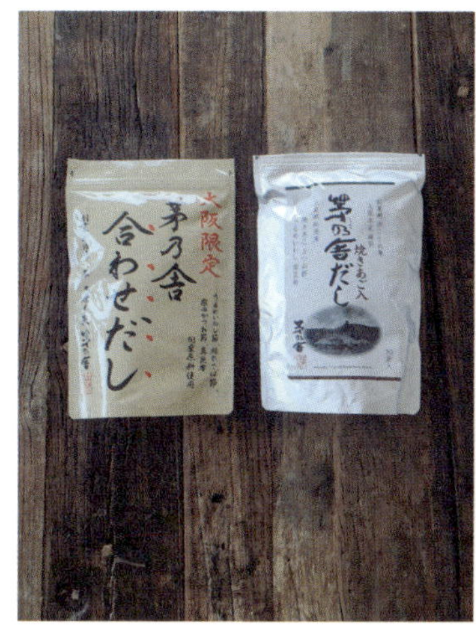

+

일본 음식 맛의 비밀은 '다시 문화'에 있다고 합니다. '고다와리', 엄선한 재료로 만든 일본 육수는 모든 일본 요리 맛을 훌륭하게 해줍니다. 인기 브랜드 카야노야의 다시 팩과 미소입니다.

'사소한 것까지 세심하게 배려하며 그 가치를 추구하다' '무언가를 깊이 파고들다'는 의미로, 장인정신, 프로의식을 나타내는 표현으로 쓰입니다.

도쿄의 설날

✧

출장을 갔습니다. 때마침 새해에 도쿄로 일본의 긴 연휴 기간인 1월 2일에 도착했습니다. 친구는 호텔로 온다고 했지만, 모처럼 가족들 모이는 새해에 그러는 건 아니라며 말렸습니다. 도쿄의 풍경은 평소와 달랐습니다. 대나무와 소나무로 멋지게 연출한 가토마츠, 짚과 다양한 장식품으로 멋을 부린 시메나와가 가는 곳마다 달려 있습니다. 우리나라 옛날에 복조리나 복 갈퀴를 걸던 습관과 비슷하단 생각이 들었어요. 한편으론 우리나라 풍습들이 잊히고 있구나 싶어 아쉽기도 했습니다.

세상을 누비다

　호텔에 도착해 체크인하는데, 제 앞으로 보관하고 있는 물건이 있다고 합니다. 꽤 두툼한 보라색 냉장 가방이었습니다. 친구가 새해 복을 바라는 음식인 오세치 도시락을 도착하면 먹으라고 보냈어요. 복을 기원하는 쿠로마메, 다테마키, 쿠리킨돈, 에비, 멸치, 나마스 같은 전통적 오세치는 물론 전복, 가리비, 이쿠라, 청어알, 소고기, 오리고기, 닭고기, 우엉, 표고버섯 등 셀 수도 없을 만큼 다양한 재료를 활용해서 색감도 조화롭게 깊은 맛으로 정성껏 만든 새해 도시락이었습니다. 새해 일본에 와서 공들여 만든 도시락을 하나하나 음미하다 보니 '올해 모든 일이 잘되길 바래', 신비한 기운이 뿜어져 나옵니다. 친구의 마음 덕분에 올해는 좋은

+

새해 일본에 와서 공들여 만든 오세치 도
시락을 하나하나 음미하다 보니 '올해 모든
일이 잘되길 바래', 신비한 기운이 뿜어져
나옵니다. 친구의 마음 덕분에 올해는 좋은
해가 될 것 같은 기분이 들었습니다.

세상을 누비다

해가 될 것 같은 기분이 들었습니다. 먹고 나서 바로 옆 미츠코시 백화점 본점 식품관에 들렀습니다. 설 준비 음식들로 가득, 사람들로 붐비고 있었습니다. 오세치와 함께 먹는 오조니(떡국)에 쓰이는 모찌떡들도 여러 종류 팔고 있었습니다. 일본에서는 경사로운 일에 홍백을 써요. 하얀색과 옅은 붉은색 마루모찌(둥근떡), 콩이 가득 든 마메모찌, 쑥이 듬뿍 들어 있는 요모기모찌 등 다양한 설날 떡을 팔고 있었습니다. 오조니로 먹는 떡 모양도 관동 지방과 관서 지방이 다릅니다. 육수에 간장을 베이스로 하는 곳도 있고 된장을 베이스로 만드는 곳도 있어서 일본 지방마다 설날 떡국 맛이 전부 다 다릅니다.

일본에서는 오세치 요리와 함께 오조니를 먹으며 복을 기원합니다. 세계 여러 나라 새해 음식은 모두 다르나, 한 해의 복을 바라는 마음은 한결같네요. 미츠코시 백화점에서 몇 가지를 사서 호텔로 돌아오는 길, 새해의 꿈들을 생각하며, 노포들이 많은 니혼바시 골목길을 걸었습니다.

코스파 최고, 츠지한 니혼바시 카이센동

✳

'코스파'는 일본인들이 말하는 가성비입니다. 도쿄 츠지한 니혼바시 본점 해산물 덮밥 카이센동은 코스파 최고라고 알려져 늘 웨이팅, 기다려야만 먹을 수 있습니다. 입소문이 나서 우리나라 사람들은 물론 외국인들에게도 많이 알려진 가게입니다. 카이센동은 토핑에 따라 네 종류 정도 있습니다. 그중 '마츠'라는 카이센동은 연어알, 참치, 새우, 소라고둥, 청어알, 오징어, 성게알 등이 산처럼 쌓여 나옵니다. 비주얼부터 압도적이지요. 가격은 22,000원 정도. 여기에 썰어 놓은 회가 몇 점 같이 제공돼서 회를 먼저 맛본 후에 해산물 듬뿍 카이센동을 먹습니다. 하나하나 신선하고 맛있는 회가 밥과 어우러져 완벽한 콤비네이션. 어느 정도 먹고 나면, 도미와 향미 채소를 넣고 오래 끓인 진한 육수를 카이센동 그릇에 부어 줍니다. 도미 다시 차즈케로 해장국처럼 뜨끈한 한 그릇을 즐길 수 있죠. 여행이나 출장으로 도쿄를 방문하면 미팅도 많고, 또 걷기도 많이 해서 피곤한데, 뜨거운 도미 차즈케는 그 피로를 잊게 해줍니다. 술은 못 마시지만, 술 마신 다음 날 속풀이로도 너무 좋을 것 같습니다. 우리나라 추어탕에 제피가루를 넣듯이 앞에 놓인 교토의 구로시치미를 톡톡 뿌려 먹습니다. 밥이 더 필요하면 밥도 리필해 줍니다. 일본에 가면 초대를 받을 때도 있고 다 못 먹을 정도로 많은 양이 나오는 고급 스시 집을 갈 때도 있지만, 츠지한은 도쿄에서 비교적 가벼운 주머니로 혼자서라도 편히 들어가

세상을 누비다

신선한 해물과 일본인들이 중요하게 여기는 다시 문화의 깊은 맛을 느낄 수 있는 곳입니다. 글을 쓰는 동안에도 카이센동이 먹고 싶네요.

도쿄 츠지한 니혼바시 본점 해산물 덮밥 카이센동. 도쿄에서 비교적 가벼운 주머니로 혼자서라도 편히 들어가 신선한 해물과 일본인들이 중요하게 여기는 다시 문화의 깊은 맛을 느낄 수 있는 곳입니다.

1948년 만들어진 도쿄 킷사텐, 미카도 커피

✤

얼마 전 도쿄에 갔을 때 니혼바시 골목에 있는 미카도 커피에 들렀습니다. 1948년에 시작한, 역사 있는 킷사텐(일본 복고풍 카페)입니다. 미카도 커피는 가루이자와에도 있습니다. 존 레논의 단골집이었다고 하네요. 주황색 아치형 현관을 따라 들어가면 1, 2층으로 된 아담한 공간이 나옵니다. 모닝 세트로 나오는 잘 구워진 토스트와 함께 커피 한잔 마시며 아침을 깨웁니다. 일본의 식빵 토스트는 꽤 두꺼워요. 겉은 바삭하고 속은 촉촉합니다. 이곳은 또, 모카 소프트아이스크림과 커피 플로트가 유명합니다. 특히 더운 여름날 한 숟가락 떠먹으면 행복해지는 맛입니다. 기념품으로 드립커피나 커피 젤리도 판매하고 있습니다. 커피는 향을 즐기면서 마시는 것도 좋지만 이렇게 디저트 스타일로도 즐겁습니다. 도쿄에서 친하게 지내는 친구 집에 초대받아 마셨던 시원한 아이스티와 그와 함께 내주던 커피 젤리가 생각납니다. 예쁜 유리그릇에 담긴 커피 젤리는 잘 내린 커피의 향이 살아 있고 커피크림을 부어 먹으면 차갑고 탱글탱글한 게 정말 맛있어서 중독성이 있습니다. 우리나라에서는 일반적으로 커피 젤리를 만들지 않지만, 일본에서는 꽤 대중적이었습니다. 그래서 여름이면 전 커피 젤리를 자주 만듭니다. 또 하나는 커피 바바로아 케이크인데요. 부드러운 생크림이 들어서, 드시는 분들이 모두 맛있다고 하는 디저트입니다. 차갑게 얼린 바바로아를 링틀에서 쏘옥 빼는 순간, 예쁘게 만

세상을 누비다

들어지면 그날은 정말 행복하지요. 카페오레 푸딩을 작은 병에 만들어 담아 선물하곤 했습니다. 여름날, 시원한 커피 푸딩이나 커피 젤리 한번 만들어 볼까요?

주황색 아치형 현관을 따라 들어가면 1, 2층으로 된 아담한 공간이 나옵니다.

400년 역사, 교토의 부엌 니시키

✽

한 나라의 특색을 알아보기에 시장만큼 좋은 곳이 없습니다. 시장은 어느 곳이든 볼거리와 먹거리가 풍부합니다. 일본의 정취가 그대로 담겨 있는 아름다운 도시 중 하나로 교토가 있습니다. 교토는 도쿄가 1868년 일본 수도가 되기 전까지 일본의 수도였습니다. 교토 니시키 시장은 일본 왕실에 식자재를 공급하는 상점들이 모여 있는 곳입니다. 400년 역사를 지닌 곳이라 먹거리와 기념품을 사기 좋은 곳입니다. 데라마치도리에서 다카쿠라도리까지 약 400m에 이르는 길에 140여 개의 가게가 즐비하게 늘어서 있습니다. 교토 여행에서 빠질 수 없는 곳이죠. 걸어 다니다 보면, 말차 아이스크림, 고로케, 덴푸라, 타이야키(도미 모양 과자), 각종 꼬치, 해산물, 다시마 키타마고(일본 육수를 듬뿍 넣은 달걀말이), 교토 쿠리(단밤) 등등 주전부리가 굉장히 다양합니다. '곤나몬자'라고 하는 두유 도넛 가게는 줄이 깁니다. 교토에서 정말 유명한 곳이죠. 바로 만든 도넛을 먹으면 두유의 담백함이 가득해요. 이곳 두유 아이스크림도 유명합니다. 교토 대표 식재료 가운데 유바가 있습니다. 콩을 끓일 때 생긴 막으로 만든 건데요, 건강에 좋을 뿐더러 고소하고 담백합니다. 콩을 좋아하는 저는 교토에 가면 제대로 만든 좋은 유바를 사 와서 요리할 때 사용하곤 합니다. 교토는 코야사이(교토의 채소)로 만든 츠케모노도 유명합니다. 오랜 전통의 츠케모노 가게들이 많아요. 츠케모노는 쌀겨(누카), 소금,

 세상을 누비다

식초, 술지게미 등을 넣어 코야사이 맛을 훌륭하게 숙성시켜 만든 일본 절임 반찬인데요, 세월이 느껴지는 나무통 안에 담겨 있는 츠케모노의 모습이 장관입니다. 교토의 부엌 니시키를 천천히 걷다 보면 교토에서 시작된 일본 전통과 이를 이어온 식문화를 이해하게 됩니다. 교토에서 사 온 츠케모노를 따뜻한 밥과 함께 먹어 봅니다. 400년 전통의 맛이 입안에서 교토의 벚꽃 핀 날처럼 만개합니다.

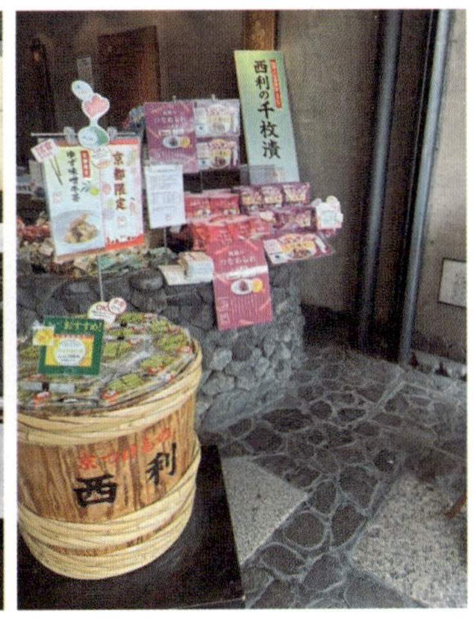

교토의 유명한 츠케모노 전문점 니시리

일본 백년 가게 츠지리의 말차

교토에 가면 츠지리를 꼭 방문합니다. 1860년에 문을 열었으니 160년이 넘는 역사를 지닌 곳이죠. 엄선된 우지 녹차를 선보이는 일본의 시니세(백년 가게)입니다. 우지 지방은 일본인들에게 차의 고향이라고 불리는 곳으로 차 재배에 최적의 조건을 갖춘 곳입니다. 츠지리의 말차 맛은 풍미가 그윽하니 좋아서 일본 갈 때 잊지 않고 들립니다. 교토의 말차 파르페는 큰 유리잔 안에 다양한 재료가 들어 있어 먹는 즐거움과 만족감을 줍니다. 말차 아이스, 말차 젤리, 말차 카스텔라, 팥, 시라타마 등이 들어 있는데 시라타마는 쫄깃하고 말차 젤리는 탱글탱글, 말차 아이스크림은 사르르 녹아 그윽한 향이 퍼지면서 행복감만 남습니다. 츠지리의 티타임을 즐겁게 해주는 것이 또 있습니다. 말차 롤 센베이, 녹차 랑그드샤를 곁들이면 그 속에 담긴 교토의 깊은 맛, 말차 크림이 맛있습니다. 그리고 야키 초콜릿(baked chocolate)이란 제품이 있습니다. 호지차 맛과 녹차 맛이 섞여 있고 일본풍 디자인이 참 예쁜 통에 들어 있습니다. 크지 않아서 선물용으로도 좋습니다. 구운 초콜릿이란 어떤 맛일까 궁금해서 먹어 봤습니다. 많이 달지 않고 초콜릿 느낌보다는 약간 말랑한 쿠키 같은 식감으로 누구나 좋아할 만한 맛입니다. 가끔 말차 디저트나 말차를 마시고 있으면 기온의 하나미코지 거리가 생각납니다. 기와지붕이 낮게 이어지고, 나무문으로 된 작은 찻집들이 조용히 문을 열고 있는 곳입니다.

골목을 걷다 보면 어디선가 막 덖어 낸 차향이 은은하게 바람을 타고 날아옵니다. 조르륵 차를 내리는 소리, 오가는 사람들의 나지막한 목소리가 겹치며 시간이 천천히 흐르는 듯합니다. 진한 말차 한 잔은 잠시 멈춰 서서 마음을 내려놓게 해줍니다. 찻잔을 두 손으로 감싸 쥐면, 좋아하는 친구들과 기모노를 예쁘게 차려입고 거닐던 교토의 풍경이 아련히 떠오릅니다. 이곳 말차 가루를 사 가지고 와서 가끔 진한 말차 쿠키를 구워 차를 마십니다. 말차 향이 입안 가득, 교토에서의 추억이 떠오릅니다.

시라타마

찹쌀가루를 익반죽하여 빚은 작고 하얀 경단

교토 사료 스이센의 말차 파르
페, 큰 유리잔 안에 말차 아이스,
말차 젤리, 말차 카스텔라, 팥,
시라타마 등이 들어 있는데…

세상을 누비다

160년이 넘는 역사, 엄선된 우지 녹차를 선보이는 일본의 시니세(백년 가게), 츠지리

400년 노포 티하우스, 야마모토야마 후지에 사보

치과의사인 한 친구는 일본의 별장지대로 유명한 가루이자와에 살고 있습니다. 이번 출장길에는 친구가 바쁠 것 같아 연락하지 않고 가서 전화만 하려고 했습니다. 태풍의 영향으로 비가 많이 내려서 신칸센도 편수를 줄여서 운행하고 있었어요. 호텔에 도착해서야, "잘 지냈어? 나 도쿄에 와 있어." 하고 전화했습니다. 날씨도 안 좋고 바쁜데…, 하며 말렸지만, 친구는 신칸센을 타고 올라왔습니다. 생각해 주는 따뜻한 마음이 참 고마웠어요. 함께 맛있는 곳들도 가고 찻집에서 차도 마시면서 쌓인 얘기를 나누었습니다. 둘이 취향이 비슷해서 만나면 언제나 즐겁습니다. 이번엔 400년 된 애프터눈 티 하우스를 방문했습니다. 야마모토야마 후지에 사보, 1690년에 창업한 곳으로 특이하게도 차와 함께 김을 파는 곳입니다. 일본식 김을 파는 전통 가게라는 점이 굉장히 인상 깊습니다. 따스한 분위기의 평온한 장소로 차와 디저트는 물론 가벼운 식사와 반상으로 된 세트 메뉴도 즐길 수 있는 곳입니다. 영국식 티타임에 익숙해 있었는데 이번엔 일본식 애프터눈 티어서 내심 더 기대되었어요. 차를 고르자 일본식 니기리(쥠초밥)와 츠케모노가 칠기 용기에 담겨 나왔습니다. 여러 김 중에서 식사에 어울릴 만한 김을 선택해 함께 내는 방식입니다. 니기리에 싸서 먹는 스타일이었고 함께 마신 차도 깊은 풍미가 느껴지는 녹차였습니다. 일본식 디저트 노리 센베이, 말차 와라비(고사리) 찹쌀떡,

세상을 누비다

고시앙(부드러운 앙금이 든 화과자), 김을 넣은 파운드케이크, 말차 쿠키 등이 케이크 스탠드에 담겨 나왔습니다. 너무 달지 않고 제대로 정성을 들인 일본식 디저트와 차에 감동했습니다. 400년 노포에서 좋아하는 차와 함께 우리의 얘기가 깊어만 갑니다. 이런 소중한 기억을 함께할 수 있는 친구에게 감사한 마음입니다.

\+

일본식 디저트 노리 센베이, 말차 와라비(고사
리) 찹쌀떡, 고시앙(부드러운 앙금이 든 화과
자), 김을 넣은 파운드케이크, 말차 쿠키 등이 케
이크 스탠드에 담겨 나왔습니다.

 세상을 누비다

+

야마모토야마 후지에 사보. 1690년에 창업한 곳
으로 특이하게도 차와 함께 김을 파는 곳입니다.
일본식 김을 파는 전통 가게라는 점이 굉장히 인
상 깊습니다. 따스한 분위기의 평온한 느낌의 장
소로 차와 디저트는 물론 가벼운 식사와 반상으
로 된 세트 메뉴도 즐길 수 있는 곳입니다.

런던 피카딜리 181번지의 추억, 포트넘앤메이슨

앤 여왕의 궁중 하인이었었던 윌리엄 포트넘은 궁에서 타다 남은 양초를 팔아 얻은 자금으로 휴 메이슨과 함께 1707년 포트넘앤메이슨을 창립했습니다. 1921년경부터는 홍차를 주력으로 생산하면서 영국 애프터눈 티 문화를 이끄는 대표 브랜드가 됩니다. 포트넘앤메이슨이 200주년 기념으로 출시한 상품이 스리랑카의 실론 홍차와 인도의 아삼을 블렌딩 한 '퀸 앤'입니다. 로얄 브랜드와 마찬가지로 포트넘앤메이슨의 스테디셀러죠. 빅토리아 시대에는 왕실 행사나 부유층에게도 납품했다고 합니다. 지금까지도 인기가 많은 포트넘앤메이슨의 햄퍼도 이때부터 시작되었다고 해요. 크리스마스 때 매장을 방문한 적이 있었는데, 발 디딜 틈 없을 정도로 붐비고 있었습니다. 무엇보다 햄퍼를 선물로 구입하려는 사람들로 가득했습니다. 우리나라에도 매장이 들어와 있지만 당연히 런던 매장의 제품군이 다양하고 많습니다. 특히 지하 1층 고급 식료품 매장은 다양한 식재료, 소스, 베이커리 등으로 꽉 차 있어서 제겐 정말 멋진 곳입니다. 이곳에는 정통 애프터눈 티를 즐길 수 있는 근사한 레스토랑도 있지만, 혹시 바쁘시다면 식료품 코너에서 정말 맛있게 갓 구운 스콘을 드셔 보세요. 낱개로도 살 수 있습니다. 포트넘앤메이슨의 스콘은 참 맛있습니다. 매장 입구에 설치된 클래식한 시계에는 매시간 창립자 메이슨과 포트넘이 각자 차와 촛대를 들고 나와 인사를 합니다. 포트넘이 하인 복장

　　　　　　　　　　세상을 누비다

으로 촛대를 들고 있는 모습이 입구에 있는데 그 모습도 참 인상적이었습니다.

장미가 활짝 핀 5월에는 홍차의 샴페인인 다즐링에 장미가 블렌딩 된 '남산 브랜드'나 기문 홍차에 장미가 섞인 '로즈포총'을 즐기곤 합니다. 차를 한잔 마시며, 런던 포트넘앤메이슨에서 사온, 뮤지컬 피카딜리 비스킷 틴의 오르골을 돌리니, 아름답고 잔잔한 오르골 음악이 방안 하나 가득합니다. 비스킷 틴이 피카딜리 181번지에 있는 포트넘앤메이슨 본점 모양과 똑같이 생겼습니다. 레몬 커드, 스템 진저, 초콜릿 펄 이렇게 3가지 맛이 들어 있습니다. 특유의 민트색과 영국스러운 디자인, 훌륭한 제품을 제공하고 있는 오랜 역사의 포트넘앤메이슨, 멋진 브랜드입니다.

뮤지컬 피카딜리 비스킷 틴의 오르골을 돌
리니, 아름답고 잔잔한 오르골 음악이 방
안 하나 가득합니다. 비스킷 틴이 피카딜리
181번지에 있는 포트넘앤메이슨 본점 모양
과 똑같이 생겼습니다.

세상을 누비다

앤 여왕의 궁중 하인이었었던 윌리엄 포트넘은 궁에서 타다 남은 양초를 팔아 얻은 자금으로 휴 메이슨과 함께 1707년 포트넘앤메이슨을 창립했습니다. 1921년경부터는 홍차를 주력으로 생산하면서 영국 애프터눈 티 문화를 이끄는 대표 브랜드가 됩니다.

대영 박물관 애프터눈 티

✤

영국 여행에서 빠질 수 없는 대영 박물관. 전 세계를 아우르는 방대한 컬렉션을 보다 보면 수없이 많은 감흥에 젖게 됩니다. 전시를 보다 보면 너무 넓어서 다리가 아파지는데, 채광이 잘 들어오는 대영 박물관 레스토랑에서 잠시 차나 커피, 가벼운 식사를 하며 쉬었다 갈 수 있어요. 영국에서 빼놓을 수 없는 애프터눈 티 또한 특별하지요. 1851년에 만들어진 영국의 티웨어 버얼리(Burleigh)의 기분 좋은 채도를 가진 다크 그린 식기에 서빙되는 애프터눈 티는 코니쉬 클로티드 크림, 윌킨 앤 선즈(Wilkin & Sons)의 딸기잼과

세상을 누비다

함께 얼그레이 티에 절인 건포도가 든 갓 구운 스콘과 버터 스콘, 스모크드 스코티시 연어 샌드위치, 자연방사 달걀로 만든 샌드위치 같은 샌드위치류, 시즌마다 바뀌겠지만 초콜릿 가나슈 레드벨벳, 스파이스 캐롯 퀴노아 케이크, 망고 & 패션프루트 머랭 파이, 라즈베리 타르트 등 정성 들여 만든 작은 스위츠를 원하는 티와 함께 맛볼 수 있습니다. 디저트 중에 비건 씨솔트 캐러멜 아이스크림이 있는데 단짠의 조화가 좋습니다. 씨솔트 캐러멜은 영국에서 먹었던 게 참 맛있었어요. 영국의 초콜릿 샤보넬 워커의 씨솔트 캐러멜 맛도 좋습니다. 전 런던의 박물관이나 갤러리 안에 있는 카페나 레스토랑을 들르는 것을 좋아합니다. 더 윌리스 컬렉션, 빅토리아 앨버트 박물관, 영국 국립 초상화 갤러리 등 합리적인 가격으로 좋은 영국의 차 문화를 즐길 수 있기 때문입니다.

1851년에 만들어진 영국의 티웨어 버얼리
(Burleigh)의 기분 좋은 채도를 가진 다크
그린 식기에 서빙되는 애프터눈 티

세상을 누비다

해로즈 그린, 그리고 차 이야기

런던 나이츠브리지(Knightsbridge)에 자리한 '해로즈'(Harrods) 는 1849년 작은 식료품 가게로 시작해 지금은 세계적으로 유명한 백화점이 되었습니다. 런던을 찾을 때마다 저는 자연스럽게 해로즈로 발걸음을 옮기게 됩니다. 그 건물은 멀리서 보아도 쉽게 눈에 들어옵니다. 빅토리아 시대 말기에 지어진 건물로, 고풍스러운 외관과 묵직한 건물의 선들은 오래된 유럽 건축의 아름다움을 그대로 간직하고 있습니다. 특히 밤이 되면 건물 외벽을 따라 수많은 전구 조명이 하나둘 켜지는데, 그 따뜻한 빛이 건물 전체를 감싸며 런던의 밤거리를 은은하게 밝힙니다. 오래된 백화점이라기보다 하나의 거대한 무대처럼 느껴지기도 합니다. 나이츠브리지 거리를 따라 걷다 보면 환하게 빛나는 해로즈 건물이 마치 런던의 밤을 지키는 하나의 랜드마크처럼 서 있습니다.

해로즈에 가면 저는 무엇보다 푸드홀을 천천히 둘러보는 시간이 좋습니다. 전 세계의 다양한 식재료와 고급스러운 미식 경험을 만날 수 있는 공간으로, 해로즈만의 티 셀렉션과 티푸드, 각종 소스와 치즈, 정육 코너, 신선한 과일과 채소, 한국에서는 보기 힘든 향신료들, 그리고 아름답게 진열된 초콜릿까지 다양한 것들이 가득합니다. 푸드홀을 걷다 보면 세계의 식문화가 한곳에 모여 있는 것 같아 재밌습니다. 해로즈의 식품관은 오랫동안 세계 미식가들이 찾는 성지로 불리며, 사람들은 이곳을 '세계 미식의 시장'

'미식가들의 놀이터'라고도 합니다. 갓 구운 해로즈의 맛있는 스콘과 빵을 비교적 합리적인 가격에 살 수 있는 것도 큰 즐거움입니다. 하지만 그 많은 매장에서도 제가 가장 좋아하는 곳은 해로즈 티와 티푸드를 만날 수 있는 매장입니다. 여러 종류의 엄선된 티 셀렉션과 티푸드들은 언제나 제 마음을 설레게 합니다.

약 15년 전 해로즈에서 사 온 짙은 해로즈 색 자동차 젤리 통, 3년 전에 구입한 크리스마스 티, 그리고 선물받은 해로즈 머그를 함께 두고 사진을 찍었습니다. 얼마 전 런던에 있는 아들이 티타임을 좋아하는 엄마를 위해 사 온 머그 컵입니다. 짙은 해로즈 그린이 섞인 스트라이프 컵을 보는 순간 해로즈의 분위기와 런던에서의 기억이 함께 떠올라 더욱 마음에 들었습니다. 세월과 기억이 모여 한 장의 예쁜 사진이 되었습니다. 저는 거의 매일 해로즈 티를 마십니다. 오랫동안 이어 온 작은 습관입니다.

이처럼 해로즈 하면 가장 먼저 짙은 해로즈 그린이 떠오릅니다. 깊은 녹색 바탕에 금빛으로 쓰인 로고는 오래된 전통과 품격을 상징하는 듯합니다. 창립자의 서명에서 시작되었다는 우아한 필기체 로고는 해로즈라는 이름을 더욱 아름답게 보이도록 합니다.

저는 F&B 브랜드를 총괄하며 전체 기획부터 브랜드 아이덴티티 정립, 메뉴 개발, 스타일링까지 함께하는 일도 하고 있습니다. 그래서 해외에서 이런 훌륭한 브랜드를 만나면 늘 많은 것을 배우게 됩니다. 해로즈의 색과 로고, 제품과 공간이 만들어 내는 분위기는 언제나 제게 좋은 영감이 됩니다. 그 경험들을 제 스

    세상을 누비다

타일에 맞게 차근차근 만들어 가는 과정도 즐겁습니다. 오랜 시간의 이야기를 품은 공간은 언제나 특별한 울림을 줍니다. 변함없이 기품을 간직한 채 맞아 주는 해로즈를 떠올리면, 런던을 방문하면 다시 찾게 될 그 순간이 벌써 기대가 됩니다.

Harrods
SINGLE-ORIGIN BLACK TEA
Darjeeling
LOOSE LEAF
N°25
THE RITZ LONDON
OOK OF
DON TEA

세상을 누비다

Harrods
Harrods
TEA TA...
Harrods

리버티 백화점

✬

1875년 문을 연, 영국에서 가장 오래된 백화점인 리버티 백화점에도 맛있는 스콘이 있어요. 튜더왕조 시대의 건축양식인 아르누보 스타일의 실내, 걸으면 나무 소리가 나는 앤틱한 백화점 내부, 역사를 자랑하는 스타일리시한 백화점인 리버티. 예로부터 패브릭, 플라워 등이 유명하고 특히 리버티 원단이 많은 사랑을 받았습니다. 단테 가브리엘 로세티, 윌리엄 모리스 등과 콜라보한 멋진 디자인의 패브릭을 왕실에 납품했습니다. 기념품이나 선물을 사기에도 정말 좋습니다. 이곳 푸드홀은 해로즈 백화점에 비해선 작지만 퀄리티가 좋습니다. 쇼핑하다가 잠시 쉬면서 크림 티타임을 가져도 좋습니다. 맛있는 스콘과 함께요. 저는 세계 각국을 다니면서 그 나라 전통이 느껴지는 장소에서 많은 영감을 받습니다. 구석구석 마음이 끌리는 아름다운 디자인은 물론, 그 기업이 추구하는 가치를 잘 배워서 하는 일에 하나하나 적용해 나가고 싶습니다. 창밖은 런던처럼 흐리고 비가 내립니다. 따뜻한 영국식 차 한 잔이 생각납니다. 스콘을 좀 구워 볼까요? 아마 몇 분 뒤면 주방에서 스콘을 만들고 있을 것 같습니다.

+

역사를 자랑하는 스타일리시한 백화점인 리버티.
예로부터 패브릭, 플라워 등이 유명하고 특히 리
버티 원단이 많은 사랑을 받았습니다. 단테 가브
리엘 로세티, 윌리엄 모리스 등과 협업한 멋진 디
자인의 패브릭을 왕실에 납품했습니다.

세상을 누비다

빅토리아 앨버트 박물관 당근 케이크

✻

V&A 뮤지엄은 장식 미술과 디자인 분야 전문 박물관으로 1857년 사우스 켄싱턴 현재 위치에 자리를 잡았습니다. 가구, 텍스타일, 금속공예, 유리공예, 드레스, 은 제품, 프린트 아트, 사진 등 다양한 컬렉션을 보유하고 있습니다. 영국의 빅토리아 여왕은 남편인 앨버트 공과 금슬이 좋았다고 합니다. 하지만 앨버트 공이 42세의 젊은 나이에 세상을 떠나자, 그 이후엔 언제나 검은 상복을 입었다고 합니다. V&A 뮤지엄은 빅토리아 여왕이 남편의 이름을 따서 만든 곳입니다. 영국에는 박물관이나 미술관 카페들이 참 잘

되어 있습니다. 이곳 카페는 19세기로 돌아가 멋진 파티에 초대받은 것 같은 아름다운 공간입니다. 여러 가지 고풍스럽고 화려한 벽 장식과 금빛으로 빛나는 조명 그리고 트레이 등이 전시되어 있고 여러 곳에 윌리엄 모리스가 만든 패턴이나 그림들이 그려져 있습니다. 이곳에서 유명한 캐롯 케이크와 큰 스콘을 주문해서 따스한 티와 함께 먹었습니다. 부드럽고 진합니다. 캐롯 케이크가 먹고 싶어지네요. 티를 좋아하는 제겐 너무나 영국적이고 멋진 시간이었습니다.

런던에서 먹었던 캐롯 케이크의 기억은 이제까지 먹었던 것과는 정말 달랐습니다. 향신료가 절묘하게 믹스되어 있었고 프로스팅(frosting, icing) 부분도 맛있었습니다. 조금 진하게 우린 티와도 잘 어울렸습니다. 처음으로 『피터 래빗』의 작가인 베아트릭스 포터의 초상화를 보고 관심을 가지게 되었습니다. 작가이자 삽화가, 평생 환경보호에 헌신한 환경운동가로 사신 분이네요. 피터 래빗이 들고 있는 당근, 어릴 땐 생것도 익힌 것도 먹기 싫었는데 요즘은 다양한 조리법으로 즐겨 먹고 있습니다.

최근 V&A 뮤지엄 서울 분관 설립을 추진한다는 소식이 들려옵니다. 언젠가 한국에서도 그곳의 아름다운 디자인과 문화를 만날 수 있기를 기대해 봅니다.

세상을 누비다

캐나다의 아름다운 도시 빅토리아

✷

19세기 영국 이주민들이 개척한 곳으로 빅토리아 영국 여왕의 이름을 딴 캐나다 브리티시콜롬비아주 아름다운 꽃의 도시 빅토리아, 아이가 이곳에서 학교 다닌 적이 있어서 즐거운 추억이 많은 곳입니다. 굉장히 발랄하고 친절하셨던 아이 학교 선생님 성함도 기억합니다. 예쁜 티스메이커 선생님. 하루는 전교생을 대상으로 초콜릿 경품 행사가 있었습니다. 많은 학생 사이에서 아들이 뽑혔습니다. 1885년에 만들어진 유명한 로저스 초콜릿(Roger's Chocolate)이었어요. 아주 커다란 상자를 받아 오는 특별한 행운에 매우 기뻤던 기억이 있습니다. 이너하버라는 로맨틱한 항구에는 멋진 요트와 수상비행기 등이 정박해 있고, 공연이나 볼거리가 많아서 언제나 전 세계에서 찾아온 관광객들로 넘쳐 났습니다. 담쟁이덩굴과 애프터눈 티가 유명한, 고풍스러운 엠프레스 호텔과 19세기 후반 유럽에서 유행하던 네오 바로크와 르네상스 양식을 결합해 만든 브리티시컬럼비아주 의사당 등 아름다운 건축물과 이너하버의 풍경이 어우러져, 낮에는 물론이고 밤 야경도 잊지 못할 풍광이었어요. 왕립 브리티시컬럼비아 박물관은 아이와 함께 방문하기에 정말 유익한 장소였습니다. 캐나다 개척사, 원주민, 자연사 등 3가지 전시 주제로 상설전이 있는 박물관으로 특히, 자연사 박물관은 인기가 아주 높았습니다. 입구에 대형 매머드가 있었는데요, 사람이 별로 없는 날은 정말 큰 이 매머드 앞을 지나

 세상을 누비다

가는 게 무서웠던 기억이 아직도 납니다. 어느 나라에서든지 그곳 박물관에 가보는 것은 아이들에게 소중한 기억이 되는 것 같습니다. 가끔 아주 큰 페리를 타고 밴쿠버로 작은 여행을 다녀오기도 했습니다. 눈이 내리던 날 팀홀튼에서 마셨던 커피와 도넛은 유난히 맛있게 느껴졌습니다. 메이플 시럽, 아이스 와인…. 문득, 캐나다에서의 추억이 떠오를 때가 있습니다.

하쿠나마타타, 케냐식 밀크티

케냐라고 하면 가장 먼저 케냐AA 커피가 떠오릅니다. 커피의 풍미가 그 나라를 대표하는 듯 보이지만, 사실 케냐는 세계 최대의 홍차 수출국입니다. 특히 케리초(Kericho) 지역에서 케냐 차 대부분이 태어난다고 하지요. 식민지 시대에 영국이 심어 놓았던 차나무는 시간이 흐르며 뿌리를 깊게 내려 이제 그 땅의 일상이 되었습니다. 그렇게 자리 잡은 티 문화 속에서 케냐 사람들은 오늘도 차를 마십니다. 오래전부터 소와 함께 살아온 이들은 우유에 홍차를 우려 설탕을 넣은 진하고 '달달한' 케냐식 밀크티를 즐겨 마신다고 합니다.

'하쿠나마타타.' 케냐, 탄자니아, 우간다에서 쓰이는 스와힐리어로 '걱정하지 마세요' '아무 문제 없어요'라는 뜻. 아프리카산 홍차를 한 잔 따르게 되면 이 말이 자연스레 떠올라 마음 한쪽이 가볍게 풀립니다. 아침마다 마시는 잉글리시 브렉퍼스트 티도 그렇습니다. 회사마다 블렌딩은 다르지만, 찻잎 속에는 아삼과 스리랑카, 케냐, 르완다가 서로 만나 조화를 이룹니다. 아직 가보지 못한 르완다는 '천 개 언덕의 나라'라 하지요. 홍차 산지로 루케리 다원이 유명합니다. 고원의 바람과 햇빛을 머금은 그곳의 차는 그 땅만의 숨결을 담고 있어 이름만으로도 상상의 지도를 펴게 합니다. 차를 마실수록 아프리카라는 대륙에 조금씩 가까워집니다. 독일의 로네펠트와 영국의 포트넘앤메이슨 브랜드에서 나오는 르

세상을 누비다

완다 티를 접해 봤습니다. 포트넘앤메이슨의 르완다 차를 처음 마셨을 때, 첫 모금에서는 조용하고 은은한 꽃 향이 피어오르고, 그 뒤를 따라 깊고 따뜻한 몰트 향이 천천히 퍼집니다. 세계 여러 다원의 찻잎이 조화롭게 블렌딩 된 차를 만날 때면, 향기를 넘어서 언젠가 그 다원을 직접 걷게 될지도 모른다는 설렘이 마음에 피어납니다. 창가에 가만히 앉아 있을 뿐인데도 광활한 아프리카의 다원이 눈앞에 펼쳐지는 듯한 느낌, 그것만으로도 행복해집니다.

따뜻한 차 한잔은 시간을 잠시 느리게 만듭니다. 바쁜 하루 속에서도 그 순간만큼은 나 자신과 조용히 마주하는 시간입니다. 근심 없이 살아가는 사람은 아마 이 세상에 없겠지요. 그래도 오늘은 이렇게 말하고 싶습니다. 하쿠나마타타!

포트넘앤메이슨의 르완다 차를 처음
마셨을 때, 첫 모금에서는 조용하고
은은한 꽃 향이 피어오르고, 그 뒤를
따라 깊고 따뜻한 몰트 향이 천천히
퍼집니다.

세상을 누비다

+

잉글리시 브렉퍼스트 찻잎 속에는 아삼과 스리랑카, 케냐, 르완다가 서로 만나 조화를 이룹니다. 아직 가보지 못한 르완다는 '천 개 언덕의 나라'라 하지요. 고원의 바람과 햇빛을 머금은 그곳의 차는 그 땅만의 숨결을 담고 있어 이름만으로도 상상의 지도를 펴게 합니다. 차를 마실수록 아프리카라는 대륙에 조금씩 가까워집니다.

예술의 도시 시카고

✳

강과 바람, 그리고 빛이 만든 도시 시카고에서 '시카고 아키텍처 리버 크루즈'를 탔습니다. 트리뷴 타워, 윌리스 타워, 마리나 시티, 머천다이즈 마트까지, 시간의 결을 품은 건축물들이 차례로 눈앞에 펼쳐졌습니다. 1871년 시카고 대화재 이후 재처럼 가라앉은 도시 위로 전 세계의 건축가들이 모여들어 잿빛 폐허 위에 예술을 쌓아 올렸습니다. 강을 따라 배를 타고 흐르듯 움직이며 건물들을 바라보고 있으니, 마치 강 위에서 거대한 건축 예술 박람회를 관람하는 기분이었습니다. '윈디시티'라는 별명답게 차가운 바람이 강 위를 스치고 지나갔습니다. 모자를 조금 더 깊이 눌러쓰고, 스카프를 한 번 더 목에 감았습니다. 봄과 가을에는 좋은 기후의 도시지만, 여름날 뜨거운 열기와 겨울의 영하 30도 맹추위도 함께 품고 있는 곳이 바로 시카고입니다. 뉴욕 메트로폴리탄 미술관, 보스턴 미술관과 함께 미국 3대 미술관으로 꼽히는 시카고 미술관도 추천합니다. 쇠라의 〈그랑드자트섬의 일요일 오후〉, 반 고흐의 〈아를의 침실〉, 에드워드 호퍼의 〈밤을 지새우는 사람들〉, 카유보트의 〈비 오는 날 파리의 거리〉 같은 그림들이 모두 말을 걸어오는 듯했고 명화를 가까이에서 보는 잔잔한 감동이 전해져 왔습니다. 어릴 적부터 제 안에는 조용하게 빛나는 미술의 재능이 자리하고 있었습니다. 그리고 그 재능을 아들도 이어받은 것 같습니다. 세계 여러 나라에서 디자인을 공부하고 있는 아들이 이곳에

세상을 누비다

서 작품을 바라보고, 또 이 도시에서 배우는 모든 순간이 앞으로의 삶에 남는 영감이 되기를 바랐습니다.

시카고에서 빠질 수 없는 것 역시 맛입니다. 두껍고 깊은 도우 속에 치즈가 와장창 들어 있던 딥디시 피자, 케첩 없이도 풍성한 시카고식 핫도그, 한번 먹으면 손을 멈출 수 없던 달콤 바삭한 가렛 팝콘, 파스텔 빛으로 눈까지 행복하게 해주는 매그놀리아의 컵케이크와 바나나 푸딩…. 정통 스테이크하우스에서 맛본 드라이에이징 비프는 제 인생 스테이크라 부르고 싶을 만큼 맛있는 맛이었습니다. 도시는 지형과 기후 그리고 시간을 지나온 역사 속에서 자신만의 맛과 예술을 만들어 갑니다. 시카고는 그 모든 것을 품은 도시로 바람이 노래하고 건축이 예술이 되는 곳이었습니다. 언젠가 여유로운 날이 오면 매그놀리아풍 바나나 푸딩에도 꼭 도전해 보고 싶습니다. 맛있게 완성된다면 그 레시피도 기쁘게 나누겠습니다.

내 마음속에 빛나는 또 하나 도시 싱가포르

✳

"엄마, 재스민 라이스가 먹고 싶어."

"왜?"

"옛날 학교 급식에 자주 나왔잖아."

아들의 한마디에 또 하나 시간의 문이 슬그머니 열리고 싱가포르에서 기억이 느릿하게 걸어 나왔습니다. 아이는 정말 여러 나라에서 학교를 다녔습니다. 캐나다에서 싱가포르로 갔습니다. 가서보니 같은 영어라도 이렇게 다른 얼굴을 할 수 있다는 걸 알게 되었습니다. 여러 문화가 뒤섞여 만들어 내는 리듬감 있는 말투가특징인 싱가포르식 영어, '싱글리시'는 북미권 영어와 달라서, 처음엔 가게 점원이 중국어를 하는 줄 알 정도였습니다. 싱가포르는 다국적 사람들이 한 장의 사진 속에 함께 서 있는 듯한 나라입니다. 제가 살던 콘도미니엄에서도 층마다 국적이 달랐고 엘리베이터 문이 열릴 때마다 작은 세계지도가 펼쳐졌습니다. 저녁이면큰 풀장 옆에서 바비큐장 불빛이 빛났고 지글지글 고기 굽는 냄새와 각 나라의 향신료 냄새가 바람을 타고 흘렀습니다. 그 도시의 풍경이 지금도 마음속에 선명합니다. 강물 위에 불빛이 아름답게 빛나던 클라크 키, 바다를 향해 서 있던 멀라이언 파크(Merlion Park)의 멋진 멀라이언 그리고 자전거를 타고 기분 좋게 달리던석양이 예뻤던 이스트 코스트 해변.

싱가포르의 맛도 그 풍경만큼 잊히지 않습니다. 칠리크랩의 매콤달콤한 소스, 닭 육수 향이 스며든 치킨라이스, 매운 국물의 쌀국수 락사, 숯불 향이 오래 남는 사테 요리. 사람들로 북적이는 호커 센터의 활기찬 모습도 지금 생각하면 정겹습니다. 드래곤 프루트, 두리안, 람부탄, 망고스틴, 망고…, 껍질이 화려하고 향이 짙은 열대과일처럼 달고 좋았던 맛들이 달콤하고 예쁜 색으로 남아 있습니다.

그리고 추억이 많은, 잊지 못할 래플스 호텔(Raffles Hotel). 하얀 기둥이 늘어서 있고, 높은 충고의 로비, 시간이 천천히 흐르는 듯한 공간. 정문 앞에서 하얀 터번을 쓴 도어맨이 정중하게 맞이해 주었을 때 영화 속 한 장면에 들어간 기분이었습니다. 엘리자베스 테일러, 작가 서머싯 몸 같은 유명인들이 머물렀던 오랜 역사를 품은 그 호텔에서 붉은빛이 매력적인 싱가포르 슬링을 맛보았습니다. 술은 잘 마시지 못하지만 처음 만들어졌던 그곳에서 싱가포르 슬링을 함께한다는 사실만으로도 이곳 역사를 조금이나마 체험하는 느낌이었습니다. 오차드로드의 멋스러운 쇼핑몰들도 생각납니다. 무더운 날씨에 피부는 까무잡잡해지고 늘 선글라스를 끼고 조리를 신고 다녔습니다. 문을 열면 거대한 냉장고처럼 차가운 공기가 쏟아져 나왔고 항상 가벼운 겉옷을 하나 들고 다녔습니다. 뜨거운 거리와 차가운 실내를 오가며 싱가포르에서의 여름날 추억은 그렇게 피부에 겹겹이 쌓였습니다. 다시 가보고 싶습니다. 실링팬이 돌아가고 충고가 높은 개방감 있는 카페에 앉아 싱가포르 커피를 마셨고 저녁에 해변을 걸으면 야자수 나무 사이로 불어오던 바람이 이국적이었던 곳, 여러 언어가 한꺼번에 공기를 채우던 그 거리, 매력적인 싱가포르. 마음 한구석에 열대과일의 맛과 색처럼 강렬하게 남아 있는 도시입니다.

잊지 못할 래플스 호텔(Raffles Hotel). 하얀 기둥
이 늘어서 있고, 높은 층고의 로비, 시간이 천천히
흐르는 듯한 공간

 세상을 누비다

+

엘리자베스 테일러, 작가 서머싯 몸 같은 유명인
들이 머물렀던 오랜 역사를 품은 그 호텔에서 붉
은빛이 매력적인 싱가포르 슬링을 맛보았습니다.
술은 잘 마시지 못하지만 처음 만들어졌던 그곳에
서 싱가포르 슬링을 함께한다는 사실만으로도 이
곳 역사를 조금이나마 경험하는 느낌이었습니다.

바다를 향해 서 있던 멀라이언 파크의 멋진 멀라이언(Merlion)

 세상을 누비다

여름철 타이 요리의 멋

✵

여름이 되면 유난히 떠오르는 맛이 있습니다. 바로 타이 요리의 이국적인 향과 색채입니다. 싱가포르에 살던 시절, 저는 취미로 래플스 호텔과 클라크 키 등에서 요리를 배웠습니다. 그곳에서 만난 인도계 선생님은 뉴욕에서 생활한 경험이 있는 멋있는 분이었습니다. 단발머리에 카리스마가 느껴지는 얼굴. 하얀 셰프 복이 잘 어울렸습니다. 목소리에는 늘 흔들림 없는 자신감이 담겨 있었어요. 화분에서 허브를 바로 따 요리에 올리는 손짓은 자연스러우면서도 능숙했고 음식의 맛뿐 아니라 푸드스타일링도 자신감 있게 대담하게 연출하던 모습이 기억 속에 남아 있습니다.

그래서인지 더운 여름이 되면 동남아 요리가 더욱 생각납니다. 특히, 타이 그린커리를 즐겨 만들어 먹습니다. 맛있는 그린커리 페이스트만 있다면 코코넛밀크와 약간의 피시소스, 좋아하는 채소와 고기를 넣어 간단하게 완성할 수 있으면서도 금세 이국적인 세계로 데려가 주는 맛이 만들어집니다. 그린커리 페이스트에는 녹색 고추, 레몬그라스, 샬럿, 마늘, 핑거루트, 카피르 라임, 쿠민, 코리앤더, 갈랑가 등이 조화롭게 들어 있습니다. 이런 향신료들이 코코넛밀크와 만나 부드러우면서도 깊이 있는 균형 잡힌 풍미를 만들어 냅니다. 팟타이, 똠양꿍, 푸팟퐁커리도 늘 즐겨 먹는 메뉴입니다. 특히 여름철에는 망고와 제철 과일을 듬뿍 넣고 매운 고추, 마늘, 피시소스, 설탕으로 만든 소스에 다진 고수를 넣어 만든 망고 누들 샐러드가 생각납니다. 쌀국수 면을 사용하지만 차게 헹궈 쫄깃하게 만든 우동 면을 사용해도 잘 어울립니다. 샐러드 채소와 여러 과일을 함께 섞어 피시소스 드레싱에 버무려 먹으면 새콤하고 달콤하며 매콤한 맛이 한꺼번에 퍼져 큰 즐거움을 줍니다. 조금 지치고 피곤한 날이면 동남아의 맛을 떠올리곤 합니다. 낯설지만 따뜻한 향신료의 향과 화려한 색감은 멀리 떠나지 않아도 여행 온 듯한 기분을 느끼게 해줍니다.

쿠킹클래스 초창기 타이 요리
클래스 때 모습

세상을 누비다

다양한 나라의 음식을 경험하고 만들어 맛볼 수 있다는 것은 삶을 풍요롭게 하는 큰 기쁨입니다. 여름이 오면 동남아에서 추억을 떠올리며 코코넛밀크 캔을 열고 그린커리 페이스트를 사용해서 요리를 시작합니다. 스타일링 할 초록 잎사귀나 시원해 보이는 라탄 매트도 꺼냅니다. 부엌에서도 작은 여행이 시작됩니다.

여름철에는 망고와 제철 과일을 듬뿍 넣고 매운 고추, 마늘, 피시소스, 설탕으로 만든 소스에 다진 고수를 넣어 만든 망고 누들 샐러드가 생각납니다.

동남아 요리 쿠킹클래스에서 수강생
들에게 소개한 사테와 피넛소스

 세상을 누비다

CHAPTER 4
삶을 잇다

오늘 맞이한 새로운 아침이 감사합니다.

걸을 수 있다는 것에 대하여

한국에 돌아와서 강의와 방송 출연 등 바쁜 나날을 보내고 있었습니다. KBS의 크리스마스 특집 요리를 촬영하고 방송된 날 아침, 기분 좋게 방송을 보고 산책하러 나갔습니다. 겨울이라 날이 추워서 양털이 가득 들어 있는 따뜻한 어그부츠를 신고 사랑하는 시츄, 찌찌를 데리고 나갔습니다. "찌찌야, 우리 이쪽 길로 갈까, 저쪽 길로 갈까? 그래, 오른쪽 길로 가자!" 하고 좀 빠른 걸음으로 뛰어가다가 보도와 차도가 연결된 지점에서 발을 헛디뎠습니다. 갑자기 세상이 빙그르르 도는 것 같았습니다. 순간적으로 그냥 넘어져 버렸습니다. 쾅 넘어지는데 뭔가 다 부서지는 느낌. 겨울이어서 바닥이 얼어 있고 사람이 많이 다니지 않는 골목길에 차는 없었어요. 찌찌가 도로 중간으로 걸어가길래 잡으려고 일어서려 했지만, 일어설 수가 없었습니다. 다리가 말을 듣지 않았습니다. 억지로 간신히 기어가서 줄을 잡아당겨 찌찌를 끌어안았습니다. 어떤 초등학생 꼬마가 보고 119에 신고했고 그렇게 저는 구급차에 실려 병원으로 갔습니다.

어떻게 넘어졌는지, 발목이 완전히 돌아가며 넘어지는 바람에 L자 상태로 여섯 군데가 부러져서 급히 대수술을 받았습니다. 철심으로 다리를 고정하는 수술을 받고, 얼마나 아프던지, 정말 상상을 초월할 정도였습니다. 엄청난 고통으로 몸부림쳤어요. 수술하고 한 달 동안 병원 침대에 누워서 지냈습니다. 단 한 발짝도 나갈 수가 없었어요. 피가 다리 아래로 쏠리니 일어설 수 없었고 화장실도 혼자 갈 수 없었습니다. 샤워도 한참 뒤에 했는데, 한 번 하려면 비닐 같은 걸로 다리를 꽁꽁 싸매야 하고, 보통 일이 아니었습니다. 그때도 엄마가 아픈 저를 간호해 주셨습니다. 예정됐던 방송도 다 취소되어 아무것도 할 수 없게 돼 버렸습니다. 극심한 고통, 이런 일이 도대체 왜 일어나나 하는 슬픔, 좌절, 분노, 괴로움…. 모든 것이 다 싫고 원망스러웠습니다. 그런 현실이 너무나 싫었어요. 나중엔 마음도 비뚤어져서 "저 사람들은 다 아무렇지 않게 걷고, 불행한 일도 일어나지 않는데 왜 나한테만 이런 일이 생긴 거지?" 온갖 슬픈 생각을 다 하면서 원망하고 불평만 했습니다. 양쪽 발목 있는 데를 크게 잘라서 수술했는데, 다리 수술뿐만 아니라 수술하고 봉합한 한쪽에서 괴사가 일어나서 뼈까지 보일 정도로 심하게 피부가 망가졌어요. 아침저녁으로 소독약을 바르고 치료를 받아야 했습니다. 괴사가 일어나고 있는 부분에 소독약을 바르면 아파서 데굴데굴 굴렀어요. 그러고 나서도 수술을 세 번 더 받고 1년 정도를 제대로 활동도 못 하고 걷지조차 못하고 지냈습니다. 그러다 목발 짚고 재활치료를 받고…. 그 힘든 시절을 보내고 나서야 지금은 걷게 되었지만 오른쪽 발목에는 굉장히 커다란 흉터가 여전히 남았습니다. 지금도 조금만 걷거나 서 있어도 다리가 아픕니다.

그렇게 큰 고통을 겪은 후에야 알게 되었습니다.

'이렇게 걸어 다니는 게 굉장히 감사한 거구나. 아무

삶을 잇다

일 없이 하루를 잘 보내는 것도 감사한 거고. 내 두
발로, 가고 싶은 데에 가고 움직일 수 있고, 혼자
서서 샤워하고 화장실 가는 것만 해도 진짜 감사한
거구나….'

전철을 타고 다니면서도 굉장히 행복했습니다. 계단 오르고 내리면서도 감사한 생각이 들었습니다. 나의 두 발로 자유롭게 걸을 수 있으니까요. 눈으로 보고, 귀로 아름다운 소리를 들을 수 있고, 내 손으로 하고 싶은 일을 자유롭게 할 수 있고, 움직이고 활동할 수 있는 모든 것이 큰 복이구나 하는 생각이 들게 되었습니다. 이렇게 사건 사고가 많은 세상에서 아무 일 없이 건강하고 따뜻한 집에 와서 잘 자고 이야기 나누고 또 아침을 맞이하는 것만으로도 감사한 일이란 생각이 들었습니다. 살다 보면 여러 일을 겪게 되고 무엇으로도 정말 위로가 되지 않을 정도로 힘든 날, 축 처지는 날, 마음이 가라앉는 날도 많이 있습니다. 그렇지만 아무리 힘든 상황이라도 감사하고 만족할 것들을 찾아보면 아주 작게라도 있다고 생각합니다. 이런저런 일들이 생기는 반복적인 삶 속에서, 천국도 지옥도 모두 자기 마음속에 있는 것 같아요. 반짝이는 햇살을 느끼고 솔솔 불어오는 시원한 바람, 초록색 나무들과 예쁜 꽃들, 귀여운 강아지, 따뜻한 차 한 잔, 좋아하는 음악, 예쁜 세상을 볼 수 있는 눈, 무엇이든 할 수 있는 내 손, 살아 있다는 것! 오늘도 살아 있고 건강한 몸이 있는 것은 당연한 일이 아니라 진정 감사한 일이란 걸 깨달았습니다.

어디선가 슬픈 소리가 난다

✧

"저 실은 이혼했어요." 오랜만에 오래 알고 지낸 지인과 통화를 했습니다. 이런저런 안부를 묻고 있었어요. 아이고, 얼마나 속상하고 마음이 복잡할까 하는 맘에 위로한다고 주섬주섬 이 얘기 저 얘기 꺼내 보았지만, 지인은 "내가 이러려고 지금까지 이렇게 살아왔나…." 하면서 한숨 섞인 속마음을 털어놓았습니다. 지금까지도 열심히 해왔다고, 앞으로 더 좋은 일이 있을 거니까 기운 내라고, 언제 밥이라도 같이 먹자고 말은 했지만, 한편으로 쓸쓸한 맘이 들었습니다. 지금 저도 50대 중반, 그런 생각이 들 수밖에 없는 나이가 되었나 싶습니다. 주름도 생기고 시력도 떨어지고, 하루하루 나이 드는 걸 느낍니다. 부모님들도 연로하셔서 몸이 쇠약해지시고 돌아가시는 분도 많아요. 부모와 이별을 경험하거나 품 안의 자식이던 아이들도 성장해 부모 손길로부터 독립하게 되는 시기. 직장을 다녔어도 퇴직하거나 퇴직을 준비할 때죠. 탄탄하게 준비한 무엇이 있으면 아무렇지 않을까, 미래가 불안하기도 하고 살아온 지난 세월 '잘 살아온 건가?' 싶습니다.

'태연해 보이는 사람도 마음속 깊은 곳을 두드려 보면 슬픈 소리가 난다.' 『나는 고양이로소이다』의 일본 메이지시대 대문호 나쓰메 소세키가 쓴 글귀에 깊이 공감합니다. 요즘 같은 정보 과잉 시대, SNS에는 다들 너무나 행복하고, 잘나가고, 걱정 근심 없는 모

삶을 잇다

습만 올라오지만, 누구나 슬프거나 걱정스러운 마음 한 조각을 가지고 있을 거예요. 뭔가 해보고 있지만 잘되지 않을 때가 있고, 좋은 일보다는 안 좋은 일만 생길 때도 있고요. 자존감이 낮아지고, 공허하고, 마음이 너무나 힘들 때도 있습니다.

세상에서 크게 성공했다는 기준은 무엇일까요. 돈을 얼마나 벌어야 큰 성공을 이룬 것일까요. 한 번 사는 인생이라 돌이킬 수 없지만, 신이 아닌 이상 후회되는 일도 많지만, 앞으로 남은 소중한 시간을 의미 있게 채워 가고 싶어졌습니다. 수많은 아침을 맞아오며 살아온 인생이었어요. 그래도 소망하며 부단히 노력한다면 슬픈 소리가 나는 시기도 넘어갈 수 있을 거란 생각이 들었습니다. 힘들었던 날, 가슴속에 꿈처럼 그리던 내 모습을 만날 수 있다면, 그것이 성공이지요. 당연하게 하루가 시작됩니다. 하지만 언젠가는 우리 인생에 마지막 아침이 찾아오는 날이 있을 겁니다. 그래서, 오늘 맞이한 새로운 아침이 감사합니다.

내 인생의 레시피

어릴 때 전 조용하고 내성적이며 자기주장이 강하지 못했습니다. 뭘 잘하는 줄도 몰랐죠. 친척도 가족도 한입으로 말할 정도로 착한 아이였습니다. 나는 이게 싫으니까 이렇게 할 거야, 라고 말하지 못했고 남의 의견에 잘 따랐습니다. 어려서부터 글자를 예쁘게 써서 앞에 나가 서기도 했고, 그림을 잘 그려서 상을 받기도, 그림이 전시되기도 했습니다. 반대로 수학, 물리 같은 과목은 아예 머리가 없는 것 같았어요. 학교 친구들이 '암기의 여왕'이라고 별명까지 지어 줄 정도로 암기력이 좋아서 한번 들으면 까먹지 않을 정도였으니 암기과목 성적이 높았지요. 제 전공은 의류 디자인이었습니다. 대학도 꼭 어떤 걸 전공하고 싶어서 그 학과에 들어간 게 아니었고 딱히 뭐가 되어야 할지도 몰랐습니다.

그런 제가 언젠가부터는 하기 싫은 일에 "아니"라고 말하기 시작했습니다. 오십 대 중반이 된 지금은 너무나 많은 꿈을 가지게 되었습니다. 해야 할 일, 하고 싶은 일, 삶의 목표가 뚜렷해졌어요. 여러 나라에 살면서 경험한 다양한 일들을 통해 나의 재능을 비로소 알게 되었습니다. 내가 지닌 감각에 대해 알게 되었고 밤을 새워도 즐겁기만 한 내 일을 발견하게 되었습니다. 평탄한 삶이었다면 몰랐을 겁니다. 어려움에 맞닥뜨렸을 때는 숨을 쉬지 못할 정도로 힘들었지만 뒤돌아보면 고통스럽던 그 시간은 선물과 같은 거였습니다.

제 삶을 조리법에 비유한다면 어떨까요? 굽기, 삶기, 무치기, 튀기기, 볶기, 조리기…, 요리에는 여러 가지 조리법이 있잖아요. 냉이 나물에 고추장과 식초를 넣고 입맛을 매콤 새콤 깔끔하게 만들어 주는 무침도 아니고, 새우에 예쁜 옷을 입히고 바삭하게 화려한 소리를 내는 튀김도 아닌 것 같습니다. 제 인생은 뭉근하게 오랜 시간 끓여서 푹 고거나 조리는 스튜 같지 않을까. 비프 스튜는 감자, 당근, 소고기, 양파 등 여러 재료를 넣고 각기 다른 재료들을 오래 끓여서 깊고 뭉근한 맛이 나지요.

20~40대 삶의 시간과 경험들이 모여서 50대에는 일을 하며 살 수 있게 되었어요. '더 빨리'라고 말한다면 전 맛을 낼 수 없을 것 같습니다. 시간을 줄여 보겠다고 육수를 푹 내지 않고 조미료를 이용해 밑 국물을 내면 그 맛은 진짜도 아니고, 결정적으로 맛이 없잖아요. 오래 숙성된 양념들과 오랜 시간을 더해 정성껏 끓여 내야 진짜배기 맛을 낼 수 있는 거죠.

뭐든지 타이밍이란 게 있는 것 같습니다. 남들과 내가 다 같은 시간 속에 똑같을 수는 없습니다. 아무개가 20대에 집을 사고, 재산을 많이 모았다고 한들 '내 시간'과는 다릅니다. 요리도 타이밍이 중요합니다. 불을 줄여야 할 때 줄이고 세게 해야 할 때 강하게 해야 하고, 튀김도 기름 온도가 알맞을 때 넣어야 바삭하지요. 김치도 정성껏 만들어 적당한 온도에서 시간을 가지고 잘 숙성되었을 때 가장 훌륭한 맛을 냅니다. '나만의 조리법' '나만의 레시피'로 자신의 삶을 맛있고 풍요롭게 만들어 가는 게 중요하다는 생각이 듭니다. 내 인생의 맛은 내가 결정하는 겁니다.

인생을 바꾼 한마디 조언

✵

일본어 학교에서는 한국뿐만 아니라 전 세계에서 일본에 온 사람들을 만날 수 있었습니다. 미국, 영국, 브라질, 중국, 프랑스… 여러 나라에서 온 친구들과 자연스럽게 어울리며 서로 이야기를 나누었습니다. 수업이 끝나면 도쿄 곳곳에 있는 각국 음식점으로 향했고, 웃고 떠드는 시간이 이어졌습니다. 그때만 해도 우리나라에는 이런 레스토랑이 많지 않던 시절이었습니다. 브라질 레스토랑에서는 악어고기와 피라냐, 진한 향의 브라질 커피를 맛보았고, 영국 친구와는 영국 가정식과 애프터눈 티를 즐겼으며, 홍콩 언니의 집에 초대받아 직접 만든 따뜻한 홍콩식 집밥을 먹기도 했습니다. 그 시간은 즐겁고 신기했고, 무엇보다 '전 세계가 하나로 이어져 있다'는 느낌이 마음속에 남았습니다. 저는 운이 좋게 1등으로 졸업하게 되었습니다.

니시야마 선생님은 작은 체구에 단정한 검은색 단발머리, 온화한 미소를 지닌 분이었습니다. 선생님이 저를 축하하며 식사 초대를 해주셨습니다. 약속 장소는 도쿄의 친잔소 호텔이었습니다. 친잔소 호텔에는 역사가 한 700년 되는 정원이 마치 그림 속 풍경처럼 펼쳐져 있었습니다. 오래된 정원수들이 부드럽게 시간의 그늘을 드리우고, 이끼 낀 돌계단들, 단풍과 소나무가 어우러진 풍경 너머로 연못이 잔잔하게 빛났습니다. 삼층탑, 석등, 각종 일본 전통 조형물 때문인지 도심 한복판임에도 그곳은 시간이 느

삶을 잇다

리게 흐르는 별도의 세계였습니다. 친잔소 호텔 정원은 겨울엔 동백꽃, 봄엔 벚꽃, 가을엔 단풍이 아름다운데 여름에는 녹음과 함께 반딧불이를 볼 수 있다고 했습니다. 도쿄 도심에서 반딧불이를 볼 수 있다니, 너무나 흥미로운 이야기입니다. 정원을 바라볼 수 있는 일본식 레스토랑으로 들어섰을 때, 나무 향이 느껴지는 인테리어와 은은한 조명이 마음을 차분하게 해주었습니다. 종이 문 너머로 스며드는 부드러운 빛이 온화한 공간….

그날 식사는 일본의 전통 코스 요리, 가이세키였습니다. 하나씩 천천히 나오는 그릇들은 그 자체로 작은 예술 작품 같았습니다. 계절을 닮은 색감, 자그마한 그릇 안에 정성을 가득 담은 담음새, 여백을 살린 아름다움이 빛났습니다. 연한 초록, 맑은 노랑, 은은한 분홍색이 조화를 이루고, 음식 위에는 작은 초록 잎사귀나 예쁜 꽃 한 송이가 정성스럽게 올려 있었습니다. 기모노를 입은 서버의 공손한 시중을 받으며 가이세키 요리를 즐기고 있을 때, 니시야마 선생님이 녹차 한 모금을 마시고 부드럽게 미소 지으며 말씀하셨습니다. "리카, 일본어는 일본에 왔으면 누구든지 공부해서 돌아갑니다. 일본에 온 김에, 또 하나 좋은 것을 배워서 한국으로 돌아가세요."

무엇인가 배우라는 그 한마디가 제 안에서 조용히 울려 퍼졌습니다. "네 선생님! 말씀 감사합니다"라며 고개를 끄덕였습니다. '그래. 나 뭔가를 배워야겠어! 선생님 말씀처럼 일본에 살고 있는데 무엇인가 배워서 간다면 좋은 기회가 될 거야.' 그 조언을 계기로 제과와 요리를 배우기 시작했습니다. 처음에는 그저 취미로 시작했을 뿐이었습니다. 그 일이 직업이 되리라고는 상상하지 못했습니다. 시간이 지나 지금은 인정받는 전문가로, 요리 연구가, 푸드스타일리스트, 작가로 활동하고 있습니다. 선생님의 짧은 한마디가 제 인생의 방향을 바꾸어 놓은 것입니다. 일본을 떠난 뒤에도 오랫동안 해외에서 생활하게 되었고, 그사이 선생님의 연락처를 잃어버렸습니다. 그러나 마음속에는 늘 같은 소망이 남아 있습니다. 언젠가 다시 니시야마 선생님을 만나고 싶습니다. 정원 너머로 햇빛이 비치던 친잔소 호텔의 그 오후처럼 고요한 자리에서 이렇게 전하고 싶습니다.

"선생님 덕분에 제 재능을 찾았습니다. 그리고 지금,
한국에서 감사한 마음으로 일하고 있습니다."

그 말을 전할 수 있기를 바라며 선생님을 수소문해 만날 날을 기다리고 있습니다. 만약 그 계절이 여름이라면 선생님께 식사를 대접하고 반딧불이를 같이 보면서 친잔소 정원을 거닐어 보고 싶습니다.

 삶을 잇다

마음이 안 좋은 날 '메로나'

✳

고민이 오래가다 보니 기분이 가라앉고 뭘 해도 마음이 좋지 않았습니다. 마음이 안 좋으니 보이는 것도, 느끼는 것도 다 안 좋게만 생각되었습니다. 그러다 현관문에 부딪혔는데, 얼마나 아프던지 뼛속까지 울리는 느낌이었어요. 머리가 지끈하면서 "되는 일이 하나도 없어!" 투덜거리기 시작했습니다. 생각해 보면 그렇게 나쁜 일도 없었는데 그냥 내 기분으로 모든 걸 나쁘게 만들어 버리고 말았습니다. 후회, 앞일 걱정, 상상, 나는 어떤 시간대를 살고 있는 걸까, 나름대로 최선을 다해 열심히 살아왔는데, 특히 올해는 더…. 중간에 좀 제대로 안 된 일들도 있고, 진행이 맘대로 안 되는 일도 있었고, 나름대로 열심히 노력한 하루하루가 다 없어지는 것 같아 안타깝고 속이 상했습니다.

물을 좀 마셔야겠다 생각했어요. 냉동실을 뒤적이니 예전에 넣어둔 아이스바가 하나 있어 꺼내 들었습니다. 이런 아이스바를 먹은 지가 언제인지도 모르겠네요. 어릴 때 가족들하고 저녁 시간이나 휴일에 참 맛있게도 먹었던 일이 떠올랐습니다. 어머, 이렇게 맛있었나, 달달하면서 기분 좋은 멜론 향과 색이 맘 한구석에 숨어 있던 추억 한 조각을 꺼내 주었습니다. 후덥지근 더운 날 스스로가 망치고 있던 기분까지 다 녹이는 달콤한 멜론 맛.

작가 이상에게 죽기 전에 먹고 싶은 게 뭐냐고 물으니, 센비키야의 멜론이라 했다 합니다. 출장으로, 지인과 약속으로, 자주

가는 도쿄 니혼바시에 1894년 오픈한, 일본에서 제일 비싼 과일 가게가 바로 센비키야입니다. 이곳 멜론은 한 개에 2~3만 엔씩 해요. 2층 센비키야의 후르츠 팔러(Fruit Parlor)에서는 비싸지만 정말 고급스러운 멜론 파르페를 맛볼 수 있습니다. 이렇게 고급스러운 멜론이 아니어도 냉장고 속에서 꺼내 먹은 메로나는 기분이며 맘이며 모두 동심으로 돌려놓았습니다.

'고난받는 자는 그날이 다 험악하나, 마음이 즐거운 자는 항상 잔치하느니라'(잠언 15장 15절)는 성경 말씀이 있습니다. 소중한 하루를 걱정하며 투덜대고, 또 걱정이 걱정을 낳아 내 생각에 갇혀서 화내고 우울해하던 모습이 어리석었다는 맘이 들었어요. '마음이 즐거운 자', 결국 마음이었습니다. 사람인지라 감정의 기복이 있고 나이가 들수록 허전하고 인생이 쓸쓸할 때가 있습니다. 어떤 사람은 술 한잔으로, 때론 차나 커피 한잔으로, 따스한 음식 한 그릇으로 위로를 받습니다. 멜론 향 나는 아이스바 하나가 마음을 행복하게 해준 날이었습니다.

얼그레이 오렌지 펀치

❋

햇살이 잔잔히 들어오는 오전 시간, 좋아하는 곡을 틀어 놓고 차를 내립니다. 저는 차 마시는 것을 정말 좋아합니다. 꼭 물질적으로 풍족하거나 거창한 행복이 아니더라도 얼마든지 일상에서 작은 행복감을 느낄 수 있습니다. 갓 지은 맛있는 밥을 먹을 때나 갓 구운 빵과 커피 향, 강아지와 산책길에서 만나는 예쁜 꽃들과 초록빛 풍경들, 좋아하는 음악을 듣고 내가 좋아하는 책을 읽을 수 있는 시간, 따뜻한 물에 샤워하고 내 이불을 덮고 평온히 잠들 수 있다는 것…. 세상을 살면서 머리가 복잡할 때도 많지만 주어진 많은 것들에 감사함을 느낍니다. 아침에 해가 뜨고 또 하루를 맞이하는 것이 언제부터인가 선물처럼 느껴졌습니다. 그래서 그 소중한 하루를 조금 더 가치 있게 보내고 싶어졌습니다. 날씨가 점점 더워지고 있습니다. 얼그레이 오렌지 펀치를 만들어서 얼음을 듬뿍 넣고 냉장고에 넣어 두면 기분이 좋아집니다.

얼그레이 티 펀치

만드는 법

1. 분량의 뜨거운 물에 얼그레이 티를 우려냅니다.

2. 얼그레이에 탄산수와 오렌지주스를 섞어 줍니다.

3. 시럽을 취향껏 넣고 슬라이스한 오렌지, 얼음 등을 넣고
   민트 등으로 장식합니다.

+

얼그레이 티백 3개와 물 150ml, 오렌지주스 90-100ml, 탄
산수 100-120ml, 시럽(설탕, 꿀, 시럽 등)을 취향껏, 오렌
지, 한라봉, 귤 등 시트러스계 과일이 있으면 슬라이스해서
넣어 줍니다. 장식용 민트나 타임 등을 얹습니다.

삶을 잇다

능소화 핀 날 콩국수

✳

'그때 그 일을 하지 말아야 했어' '그 사람 처음에는 좋았는데 지내고 보니 정말 아니었어' '그 사람들을 만나지 말아야 했어'. 과거에 생긴 일을 생각하며 기분이 안 좋아지고 후회가 되고 우울하고 화가 나기도 하는 일이 있습니다.

오늘, 내 인생의 단 하루…. 자고 깨면 밝은 아침이 오지만, 내일이 없는 그 날은 누구에게나 찾아옵니다. 오늘 하루만 생각한다면, 일어나지 않은 미래의 여러 일을 상상하고 고민하는 일은 없을 겁니다. 그래서인지 젊었을 때보다 화내는 일이 조금은 적어졌습니다. 그렇다고 나쁜 일이나 원치 않은 일이 생기지 않는 건 아닙니다. 하루하루 다른 하늘을 만나는 것처럼 인생에서 좋은 일도 나쁜 일도 불쑥불쑥 만나게 됩니다. 여전히 '이게 뭐지'라고 생각되는 일들이 생겨나지만 어떤 일을 마주하는 태도가 많이 바뀌고 있습니다. 세상에 영원한 것은 없으니까요. 좋은 일도 나쁜 일도 다 지나갑니다. 인생을 살면서 생기는 여러 문제를 만날 때 좀 더 단단하게 마주하고 싶습니다. 선물 받은 빛나는 하루를 망치고 싶지 않습니다.

며칠 전에도 기분이 좋지 않은 일이 생겼지만 잠시 생각하고 너무 심각하게 생각하지 않으려고 맘먹었습니다. 이런 삶의 태도를 내 것으로 만들려 하고 있어요. 매일같이 35도가 넘는 열대야가 계속되는 매우 더운 여름이어서 시원한 콩국수를 만들었습니다. 백태를 불려서 하면 더 좋지만, 오늘은 냉장고에 있는 100% 국산콩 두부를 사용해 견과류, 깨, 두유 등을 넣고 갈아서 진한 콩 국물을 만들었습니다. 생각보다 훨씬 진하고 고소해서 벌써 기분 이 좋아졌습니다. 면을 삶아 얼음물에 풍덩 담가 씻으며 행복했습 니다. 호로록 차가운 면발과 고소하고 뽀얀 콩국물이 목을 타고 내려갑니다. 밖에는 연분홍색과 신비로운 주홍빛 능소화가 아름 답게 피어 있었습니다.

삶을 잇다

콩국수

재료

두부

무가당 두유

우유

물

깨

견과류

피넛버터

소금

설탕

만드는 법

1. 설탕 무첨가 두유를 준비합니다. 저는 호두를 넣었는데 잣, 아몬드 등 다른 견과류도 좋습니다.

2. 모든 재료를 믹서에 넣고 갑니다. 진한 콩물이 완성되었습니다.

3. 맛을 보시고 취향에 따라 소금을 추가하면 됩니다.

4. 생소면 사용, 좋아하는 면을 사용하면 됩니다.

주부의 하루 20분

✻

"밥 먹어라. 밥 다 됐어!" 점심에 남은 밥도 있지만 그래도 갓 지은 밥을 먹이고 싶어서 저녁때 또 쌀을 씻습니다. 영양가 있는 잡곡도 섞고 싶어서 콩이랑 현미도 넣었어요. 찌개를 끓이고 달걀을 꺼내 달걀말이도 하나 하고 이것저것 하다 보면 주방에 서 있는 시간이 계속입니다. 신경 써서 음식을 하다 보면 하루가 그냥 가버려요. 밥하고 설거지, 청소, 장보기, 분리수거, 빨래하고, 다 된 빨래 개고 넣고 할 일이 참 많습니다. 며칠 지나면 또 빨래가 쌓이고 장을 봐야 하고 반복되는 하루 루틴입니다. 그래도 가족들에게 건강한 음식을 만들어서 먹이고 싶고, 깨끗한 환경에 있게 하고 싶고, 뭐 하나라도 더 해주고 싶은 게 엄마 마음인 것 같습니다. 때로는 나 자신은 없는 것 같은 삶이기도 합니다. 예전에 제가 전업주부로 해외에 살 때 입국카드 직업란에 주부라고 쓰면서 그게 별로 좋지 않았던 생각이 납니다. 더 멋진 직업을 쓰고 싶었습니다. 하지만 돌이켜 생각해 보니, 초보 주부로 열심히 살았던 그때도 참 좋았던 것 같습니다. 지금은 전문가가 되어서 일로 바쁜 나날을 보내고 있습니다만 아이 키울 때는 뒷바라지에, 도시락을 싸고, 픽업 다니고, 준비물 챙기고 그렇게 하루가 저물었는데 말입니다. 가끔은, 주부가 제일 적성에 맞는 사람이 나 아닐까, 하는 생각도 듭니다. 밥을 하고 청소를 하고 집안을 꾸미고 오전 햇살 드는 시간에 음악을 들으며 책을 읽거나 좋아하는 일을 하면서 나만의 시간을 가질 때가 좋습니다. 피할 수 없으면 즐겨라, 하는 말처럼 기왕 집안일하는 거 더 즐겁게 내 방식대로 멋지게 즐기는 것도 행복할 것 같습니다. 투덜거리고 안 좋은 기분으로 음식을 만들기보다 행복하게, 가족들에게 건강한 음식과 사랑을 전한다는 건 어쩌면, 세상에서 가장 멋진 일인지도 모릅니다. 아무리 바쁘더라도 하루 20분 정도는 꼭, 자기가 하고 싶은 것을 하는 시간으로 정해 놓으면 좋을 것 같습니다. 운동, 바느질, 책 읽기, 음악 듣기, 그림 그리기… 어떤 것이라도 좋습니다. 그 20분 시간이 긴 세월 쌓이면 당신에게 어떤 계기가 될 수 있습니다. 주부들 마음속에 숨어 있는 작은 꿈들을 응원합니다.

리카 피클

향이 강한 것을 좋아하지 않았는데 언제부턴가 향신료가 좋아졌습니다. 나라마다 각기 독특한 향신료가 있습니다. 강황, 고수씨, 쿠민, 생강, 후추, 정향, 카르다몸, 회향, 캐러웨이, 고추 등 여러 가지 향신료를 섞어서 만드는 카레는 깊은 맛을 내지요. 멕시코식 미국 요리인 칠리 콘 카르네를 만들 때도 파프리카 파우더, 쿠민, 칠리 파우더 등을 알맞게 배합한 향신료가 빠지면 맛이 없습니다. 추운 겨울날 따뜻한 가락국수나 전골 등을 먹을 때 툭툭 뿌리는, 고추, 검은깨, 산초, 진피, 파래, 차조기, 생강 이렇게 일곱 가지 향신료를 섞은 일본 시치미도 매력적인 맛입니다. 분명 주역은 아닌 조연으로, 작품 속에서 빛나는 역할을 합니다. 밋밋한 음식에 매혹적인 마법을 부립니다.

피클링 스파이스라는 멋진 향신료 믹스를 알게 된 건 오래 전 어느 날이었어요. 코리앤더, 딜 시드, 겨자씨, 정향, 후추 등이 잘 섞여 있는 피클링 스파이스. 겨울날에는 계피와 정향이 블렌딩된 티를 즐겨 마시고, 당근 케이크를 만들 때도 향신 스파이스를 듬뿍 넣습니다. 각기 다른 향을 가지고 있지만 피클링 스파이스는 사이좋게 어우러져 피클에 화려하게 맛과 생기를 더해 줍니다. 월계수 잎과 피클링 스파이스가 피클 주스 안에서 동동 떠서 무도회를 하듯이 춤을 춥니다. 음악이 끝나고 모두 체에 거르면 맛있는 향기만 남아서 계절채소와 만납니다. 형태는 없지만 그 향이 오래

머뭅니다. 저도 피클링 스파이스처럼 나만의 독특한 향과 색을 간직하고 싶습니다. 우리는 이 세상에서 어떤 향으로 살며, 삶 속에 어떤 향기를 남기고 있을까요?

리카 피클

재료

적채
오이
당근
무
래디시 등 계절 채소(취향껏)
물 450ml
식초 180ml
설탕 200ml
피클링 스파이스 1.5-2작은술
월계수 잎 1-2장
소금 1작은술

만드는 법

1. 냄비에 물, 식초, 설탕, 피클링 스파이스, 월계수 잎, 소금을 넣고 끓여 줍니다.
2. 끓어오르면 불을 끄고 체에 걸러 향기만 남깁니다.
3. 병에 채소를 담고 피클 주스를 부어 주면 완성입니다.

· 샌드위치에 곁들이거나, 상큼한 반찬으로도 좋습니다.
· 식초와 설탕 등은 취향에 맞게 가감하세요.

노란빛 추억 오므라이스

✲

노란빛 추억 속 음식 하면 역시 달걀입니다. 어린 시절, 엄마가 만들어 주신 오므라이스가 지금도 마음속에 남아 있어요. 밥에 다진 채소를 섞어 노릇노릇 달걀로 감싸 오므라이스를 만들어 주시면, 모습은 전문점처럼 완벽하게 폭신하지 않았지만, 동생들과 케첩 통을 들고 얼굴도 그리고 하트도 그리며 장난치다가 맛있게 먹었던 기억이 있습니다. 일본 사람들은 케첩으로 만든 나폴리탄 스파게티나 오므라이스를 먹으며 자연스럽게 추억을 떠올리곤 합니다. 두 요리 모두 특별한 재료 없이 케첩만 있어도 맛을 낼 수 있는 음식이어서가 아닐까 합니다. 엄마도, 냉장고 속 채소에 달걀, 거기에 케첩만으로 아이들이 좋아할 요리를 만들 수 있으니 즐거우셨던 건 아닐까요.

신문과 잡지에 실린 요리 레시피를 가위로 오려 모아 두곤 하셨던 엄마가 가끔 만들어 주시던 또 다른 별식 하나는 프렌치토스트였습니다. 달걀과 우유를 섞은 물에 적셔 버터에 노릇노릇하게 구워서 버터 향 가득한 식빵 위에 설탕을 솔솔 뿌려 주셨던 그 맛. 부드럽고 달콤해서 정말 행복했던 기억이 나서 요즘도 가끔씩 프렌치토스트를 만들어 먹곤 합니다.

달걀로 만들 수 있는 요리는 많지만, 반짝이며 노란 오므라이스처럼 주인공이 되는 요리는 그리 많지 않습니다. 한국과 일본은 다른 듯 닮은 점이 많아요. 일본 요쇼쿠(일본식 서양 요리)집에 가면 자연스레 '나츠카시이(그립다)'라는 생각이 듭니다.

어른이 된 지금도 오므라이스 노란 달걀과 빨간 케첩의 색감, 폭신하게 부풀어 오른 모양을 보고 있으면 어느새 동심으로 돌아갑니다. 일본에는 유명한 오므라이스 맛집들이 참 많습니다. 곧 있을 도쿄 출장을 앞두고 일본의 인기 있는 경양식집에 가서 오므라이스를 먹어 볼까 합니다. 요즘은 맛있는 것들이 너무 많아서 기대만큼 맛이 나지 않을지 모르지만, 그 노란빛, 모양은 소소하지만 기분 좋게 다가올 겁니다. 오므라이스와 햄버그스테이크가 함께 나오는 세트를 먹을지, 볶음밥 위에 도톰하고 폭신한 달걀이 얹혀 칼로 자르면 흐르듯 펼쳐지는 '단뽀뽀 스타일'로 먹을지 벌써 메뉴를 고르는 상상을 하고 있습니다.

오사카에서의 추억

✵

오사카에 도착했습니다. 아이가 유치원에 다니던 곳입니다. 20년 넘는 세월이 흘렀습니다. 이번에는 출장으로 일본에 와 옛 추억이 남아 있는 호텔에 묵었습니다. 시간은 흘렀지만, 아름다운 로비는 그대로입니다. 호텔 방 창으로 오사카 시내를 바라보니 그간 많은 일들이 떠올랐습니다.

꽤 오래 도쿄에 살아서 도쿄 생활에 익숙해졌을 무렵, 오사카로 전근을 가게 되었습니다. '또 아무도 모르는 곳으로 가게 되는구나, 오사카는 또 어떤 곳일까' 먹구름이 몰려오듯 두려운 마음이 들었습니다. 오사카는 엘리베이터 줄 서는 방향도 다르고, 사투리가 있고, 음식도 다르고, 모든 것이 도쿄와 달랐습니다. 아이까지 데리고 불안한 마음에 앞으로 걱정이 태산이었어요. 아이 유치원은 어디로 보내야 하나, 인터내셔널로 가야 하나 그냥 일본 유치원으로 보내야 할까, 고민이 많았습니다. 그러던 중 집 앞에 유치원 버스가 매일 서길래 상담을 한 후 오사카 음대 부속유치원으로 아이를 보내게 되었습니다. 처음으로 경험하는 일본 유치원 생활은 익숙하지 않은 게 정말 많았습니다. 보조 가방, 컵 가방, 실내화 주머니 등등 모든 물건에 이름을 써넣어야 하고 연락장이며 도시락, 뮤지컬 의상까지 직접 만들어야 하고, 여러 가지가 외국인인 제게 어려운 숙제였습니다. 아이가 유치원 넨쇼상(1학년)일 때는 엄마가 직접 도시락을 싸야 했습니다. 처음엔 그냥 대충 밥

삶을 잇다

과 반찬 등을 넣어 보냈는데 어느 날 가보니, 다른 애들 도시락은 일본 엄마들 솜씨가 발휘된 예쁜 도시락이었어요. 그래서 저도 도시락 싸기에 필요한 도구들을 사서 아침에 일찍 일어나 예쁘게 도시락을 만들었습니다. 김을 잘라 곰돌이 모양을 만들고, 눈을 붙이고…, 그런 다음 아이 유치원복을 입히고 허겁지겁 버스로 달려갔던 기억이 납니다. 쉽지는 않았지만 제 도시락 실력도 조금씩 조금씩 늘었습니다. 낯선 외국 생활이었지만 늘 따뜻하게 도움을 주던 일본 유치원 엄마들 도움으로 그럭저럭 잘 해낼 수 있었어요. 그중에 카와베 씨 도움을 많이 받았습니다. 그 가족과는 지금까지도 연락하고 사이좋게 지내고 있습니다. 그 따뜻함과 배려가 없었으면 아이 일본 유치원 3년이 정말 어려웠을 겁니다.

　작았던 아이들이 훌쩍 자라서 이제는 어른이 되어 버렸습니다. 아주 고급 음식은 아니지만 오사카의 오코노미야키, 타코야키, 구시가츠, 라멘 등을 같이 나눠 먹으면서 즐거웠습니다. 일본은 3월 3일, 히나마츠리라고 여자 어린이날, 5월 5일은 남자 어린이날로 나누어 기념합니다. 오사카는 방문할 때마다 추억이 가득 생각나서 늘 마음이 포근해지는 곳입니다.

고고로 바카리

✧

가끔씩 일본에서 오는 선물에는 '고고로 바카리(마음뿐이에요. 작은 마음입니다)'라는 글이 포장에 붙어 있습니다. 그 작은 글귀 하나에 기분이 포근해집니다. 홋카이도, 나가노, 도쿄, 오사카, 가고시마 등 여러 곳에 친구가 있어서 멀리서부터 작은 마음들이 날아옵니다. 오늘도 일본에서 친구의 선물이 도착했습니다. '바빠도 밥 잘 챙겨 먹어! 건강이 제일이야!'라고 쓰여 있는 카드가 들어 있습니다. 우체국까지 가서 작든 크든 해외까지 선물을 보내는 건 번거로운 일입니다만 이렇게 멀리서도 나를 기억해서 마음을 전하는 것에 새삼 감사한 마음이 듭니다. 가까이 있어도 멀게 느껴지는 사람이 있고 떨어져 있어도 마음을 항상 나눠 주고 마음이 잘 통하는 사람이 있습니다. 해외에 있는 제 친구들은 멀리 있어도 늘 마음을 전해 오며 응원해 주고 있습니다. 참 감사한 인연입니다.

정신없이 지내다 보니 1월이 다 지나가고, 어느새 2월이 오고 있습니다. 2월 3일 무렵을 일본에선 세쓰분(節分)이라고 합니다. 묵은 기운을 보내고 새봄을 맞이하는 날입니다. 이날 "오니와 소토, 후쿠와 우치"라고 말하면서 콩을 던져 액운을 쫓는 풍습이 있습니다. '후쿠'는 복(福)이라는 뜻으로, "나쁜 일들은 모두 나가고 좋은 일들은 들어오세요"하는 인사말입니다. 사람이 바라는 건 결국 마찬가지인가 봅니다. 조금 더 웃을 일이 많았으면 좋겠

삶을 잇다

고, 조금 덜 아프고, 조금 더 무사하고 평안하기를….

요즘은 날이 너무 춥습니다. 자꾸 따뜻한 게 먹고 싶어집니다. 나이가 들수록 두유, 두부, 된장찌개, 낫토, 콩국수처럼 콩으로 만든 음식이 더 좋아집니다. 어릴 때 먹던 평범한 반찬이 이젠 몸을 이롭게 해주는 소중한 것으로 여겨집니다. 청국장을 끓여 봐야겠다 싶어 찾으니 마침 멸치가 다 떨어졌네요. 일본 친구들에게 선물 받은 육수팩을 사용해 봤습니다. 마늘, 양파, 김치, 어제 요리하고 남은 돼지고기와 파를 넣어서 끓이고 불순물을 걸어 낸 다음 송송 썬 애호박, 버섯, 두부를 넣어 한소끔 끓이다가 고춧가루와 청·홍고추를 넣고 간을 맞춥니다. 보글보글 따뜻한 주물 냄비 속에서 쌩쌩 매서운 바람이 불던 추운 겨울 날씨는 녹아 사라집니다.

곧 설도 다가옵니다. 나라가 달라도 복을 바라는 마음은 같은 것 같아요. "나쁜 기운들은 모두 떠나가고, 좋은 기운만 가득한 계절이 되기를!" 오늘도 작지만 내게 어울리는 아름다운 행복이 찾아올 거라 믿으며 조용히 마음을 다독여 봅니다.

가까이 있어도 멀게 느껴지는 사람이 있고 떨어져 있어도
마음을 항상 나눠 주고 마음이 잘 통하는 사람이 있습니다.
해외에 있는 제 친구들은 멀리 있어도 늘 마음을 전해 오
며 응원해 주고 있습니다. 참 감사한 인연입니다.

삶을 잇다

고고로 바카리(마음뿐이에요.
작은 마음입니다)

일본 친구 딸의 결혼식

✲

아들의 유치원 친구이기도 한 친구 딸아이가 결혼한다고 예식에 초대를 해왔습니다. 유치원 꼬마였던 아이가 잘 자라서 화려하고 아름다운 일본의 신부 예복 '이로우치카케'를 입은 모습을 보니 지난 세월이 주마등처럼 스쳐 지나갑니다. 옷에 어울리는 머리 장식은 친구가 직접 만들었다고 하네요. 우리나라 조선시대 혼례복인 활옷에 오방색(청, 적, 황, 백, 흑)을 쓰고 학, 모란, 소나무, 박쥐, 연꽃, 당초 무늬 등 길상무늬를 화려하게 수놓았듯 일본 에도시대부터 전해져온 신부 예복인 이로우치카케는 아랫단에 솜을 넣어서 무게감 있게 길게 끌리고 그 위에 학, 기러기, 매화, 소나무 등 복을 기원하는 문양들이 그려져 있습니다. 한국도 일본도 혼례복은 모두 다 굉장히 화려하고 아름답지요. 새로운 삶을 시작하게 되는 신부가 입는 옷이어서 축복의 의미가 많이 담겨 있습니다. 딸이 없어 잘은 모르지만, 정성껏 키운 딸을 시집보내는 엄마 마음은 어느 나라나 같을 것 같아요. 저도 엄마가 돌아가시고 나서 우리나라 옛 물건에 새겨진 문양들에 담긴 따스한 뜻을 알게 되었고 그 의미를 알고 난 후부터는 전통 혼례복을 보는 시선이 많이 바뀌었습니다. 일본도 한국도 아름다운 전통이 존중되고 계속 이어지길 바랍니다.

무엇보다 결혼식 피로연 음식이 참 인상적이었습니다. 일본식과 양식 스타일이 잘 어우러져 레드와인 소스를 곁들인 스테

삶을 잇다

이크도 나오고 좋았지만, 전통을 살려 정성스레 내놓은 일본 요리가 결혼식을 더 빛나게 하는 것 같았습니다. 빨간 칠기에 금색 테두리를 두른 칠기 트레이, 일본 유명 산지의 도자기와 유리그릇, 대나무 상자와 장식 꽃들이 멋스럽게 연출되었고 거기에 축하의 의미를 담은 검은콩, 금박, 도미, 고급 생선알, 다시마 등이 일본 전통 요리 방식으로 잘 만들어져 담겨 있었습니다. 고모쿠세이로 고항(밥)은 진하게 우려낸 일본 육수에 축하를 의미하는 5가지 재료, 도미, 새우, 전복, 장어, 소고기 등을 넣고 지은 영양밥입니다. 츠케모노, 맑은 장국과 함께 서빙되었습니다. 금색 무늬가 아름다운 빨간 칠기 속에 나온 스이모노(맑은 장국)는 정말 고급스러웠습니다. 경사스러운 마음을 음식으로 표현한다는 건 얼마나 아름다운 일인가요. 오랜 일본에서의 생활이 제가 이렇게 요리 연구가, 푸드스타일리스트가 된 데 도움이 많이 되지 않았을까요. 늘 많이 배웁니다. 25년의 세월 동안 변함없이 함께 한 친구 가족에게 감사하고 신랑, 신부 모두 행복하고 건강한 아름다운 가정 이루길 바랍니다.

+

전통을 살려 정성스레 내놓은 일본 요리가 결혼식을 더 빛나게 하는 것 같았습니다. 빨간 칠기에 금색 테두리를 두른 칠기 트레이, 일본 유명 산지의 도자기와 유리그릇, 대나무 상자와 장식 꽃들… 축하의 의미를 담은 검은콩, 금박, 도미, 고급 생선알, 다시마 등이 일본 전통 요리 방식으로… 고모쿠세이로 고항(밥)은 진하게 우려낸 일본 육수에 축하를 의미하는 5가지 재료, 도미, 새우, 전복, 장어, 소고기 등을 넣고 지은 영양밥… 츠케모노, 맑은 장국… 금색 무늬가 아름다운 빨간 칠기 속에 나온 스이모노(맑은 장국).

삶을 잇다

엄마가 달린 날

예닐곱 살 땐가 큰고모 댁에 놀러 가 여동생과 베란다에서 소꿉장난하고 있었습니다. 알록달록 플라스틱으로 된 옛날 장난감으로 이것저것 예쁘게 차리고 있었어요. 잘 차려 놓고 손뼉을 치고 있으면 저쪽에서 남동생이 달려와 차려 놓은 걸 손으로 다 와르르 흩어버리고 망가뜨려 놓고 도망갔습니다. 그러지 말라고 아무리 해도 계속 그럽니다. 대책을 세워야 했어요. 베란다 유리 창문을 스르륵 닫고 재봉틀 아래 있는 작은 의자를 끌고 와서 그 의자를 딛고 올라섰습니다. 그리고 "내가 망보고 지키고 있을게!" 여동생에게 말했습니다. 이제는 저 개구쟁이가 와도 소꿉장난 편히 할 수 있겠다 싶었습니다. 작은 의자 위에서 숨죽이며 망을 보면서 귀도 쫑긋거리고 그림자가 비치기라도 하면 더 경계했습니다. 그러다 저쪽에서 개구쟁이의 머리가 살짝 보이는 것 같아 발돋움하다가 발을 헛디뎠는지 의자가 넘어가면서 빨래걸이인지 어딘지 금속 어딘가에 부딪히며 넘어졌습니다. 고개를 떨구니 아래로 핏방울이 툭툭 떨어졌습니다. "엄마, 언니 피나요!" 동생 소리에 고모와 얘기 중이던 엄마가 달려왔습니다. 왼쪽 눈썹이 있는 부위가 찢어져서 피범벅이 되었어요. 엄마는 저를 안고 달렸습니다. 가녀린 팔로 번쩍 들고 가쁜 숨소리를 내며 전력으로 달리던 기억이 납니다. 하늘이 온통 흔들리도록 달렸습니다. 가까운 동네 의원에 가서 마취할 새도 없이 바로 상처를 봉합했고 저는 자지러지도록

삶을 잇다

울었습니다. 어린 시절이라 기억나지 않는 날도 많은데 그날만은 지금도 생생합니다. 저녁, 붕대를 칭칭 감고 누워 있는데 곁에서 아빠가 작은 손을 잡고 정말 5분에 한 번 아니 3분에 한 번씩 "괜찮니, 괜찮니, 아프지 않니" 하고 물어보셨습니다. "아빠, 나 괜찮아요" 하고 답했던 기억이 납니다. 흉터가 꽤 크게 남아서 이후로 흉터 수술을 몇 번 받았어도, 아직도 자국이 남아 있습니다. 아이를 키우다 보니 그날 엄마 아빠 마음이 어땠을까 하는 생각이 참 많이 듭니다. 자식이 큰 사고나 탈 없이 자라는 것만으로도 감사한 일이더라고요. 엄마가 돌아가시기 며칠 전 제 손을 꼭 잡고 여러 번 쓰다듬어 주셨습니다. 그 기억이 마음속에 고요히 남아 있습니다.

엄마, 아빠, 자식을 키우면서 웃는 날도 있었겠지만, 힘든 날도 많으셨을 텐데, 돌아가시기 직전까지 많은 사랑을 부어 주신 것, 다시 한번 감사한 마음 전하고 싶습니다. 세상살이에 힘들고 지칠 때도, 나와 자식들을 위한 엄마 아빠의 기도, 그 따뜻한 마음과 사랑을 기억하면, 이 세상 그 어떤 것도 해내지 못할 게 없을 것만 같습니다.

이북 음식과 나의 아버지

✻

아버지는 봄날 햇살처럼 따스했습니다. 사랑을 쏟아부어 주셨지요. 소극적이고 잘 울고 그렇게 썩 잘하는 것 없던 나를 격려하고 늘 "우리 딸이 최고!"라고 칭찬해 주셨어요. 언제나 같이 놀아 주시고 안아 주시고 번쩍 들어서는 어깨 위에 목말을 태워 주셨습니다. 그 높은 곳에서 내려다보는 세계는 신기하고 재밌고 세상에서 내가 대장이 된 느낌이었어요. 커서 만난 세상은 그렇게 만만한 곳이 아니었습니다. 그래도 여전히 소극적인 면이 남아 있는 제가 어려운 일에 부딪혀서도 어디선가 모르게 '그래도 해봐야겠다'는 작은 자신감과 용기를 내게 되는 건, 어려서부터 듣던 부모님의 따뜻한 사랑 어린 말들이 쌓여서일지도 모르겠습니다.

과자든 과일이든 통닭이든 퇴근길에 빈손으로 귀가하시는 날 없던 아버지는 월급날이면 가족들을 데리고 나가 시내 유명한 곳이나 맛집에서 외식을 시켜 주셨습니다. 돈가스, 스시, 중국집, 만두집 등 아버지 회사 근처 유명한 집도 갔지만 이북 출신이셨기 때문에 이북식 음식점도 많이 갔습니다. 메밀면에 맑고 담백한 고기 육수, 무김치, 오이, 편육, 달걀 등이 얹혀 있는 시원한 평양냉면은 이북식으로 하는 노포에서 먹어서 진짜배기 맛이었습니다. 평양냉면은 잘못 먹으면 맹물 같고 맛없다고 하는 사람도 있고 가끔 제맛 아닌 흉내내기 식을 만날 때도 있지요. 하지만 여러 가지 고기로 제대로 만든 육수는 맑은 국물이지만 담백하면서도 깊이

 삶을 잇다

가 있는 맛입니다. 평양냉면만 먹은 건 아니에요. 흥남 철수 때 이북 실향민들이 서울, 속초, 부산 등 남한에 정착해 고향에서 먹던 맛을 재현해 만든 함흥냉면도 먹으러 갔었죠. 함흥냉면은 원래 함경도 산간지대에서 나는 감자에서 나오는 감자전분으로 국수를 만들고 양념장을 비벼서 먹었던 거라고 해요. 쫄깃한 면발, 입맛 당기는 매콤 새콤한 빨간 양념장에 회무침, 오이절임, 삶은 달걀 등이 토핑된 함흥냉면은 언제 먹어도 별미였습니다. 그러고 보니 남한에 정착해서 인기를 얻은 이북식 음식들이 참 많다는 생각이 듭니다. 평안도 실향민들이 서울에 와 돼지족발을 만들어 팔기 시 작했는데 지금까지 인기 있고 저도 좋아하는 장충동 족발집들도 있고, 족발처럼 대중적으로 찾진 않지만, 시간이 지남에 따라 발 효된 깊고 풍부한 맛에 함경도식 가자미식해도 참 매력적이지요. 함경도식은 쌀 대신 조를 넣는다고 하는데, 그 맛이 특별하다네 요. 실향민들의 가자미식해는 속초 지역으로 전해져 내려왔다고 합니다.

어릴 때부터 먹어 온 음식에 대한 기억은 자아의 일부가 되고 가 족과 고향에 대한 추억과 그리움이 됩니다. 남한에서 흔히 만나는 이북 음식에는 이제는 잊혀 가는 전쟁의 아픔과 실향민들의 고향 에 대한 그리움, 사연들이 녹아 있습니다. 아버지와 나눠 먹던 여 름날의 시원한 냉면 한 그릇, 추운 겨울 뜨끈한 만둣국 한 그릇이 그립습니다. 이북 음식을 먹을 때면, 딸에게 사랑을 쏟아부어 주 시던 아버지 모습이 보고파 문득, 목이 메는 때가 있습니다.

할머니의 자주색 요리책

'나는 어디서부터 왔을까?' 강연회를 하면 저는 제 뿌리에 관해서부터 이야기를 시작합니다. 엄마, 아빠 그리고 제가 기억하는 할머니, 할아버지 세대 이야기부터 해봅니다. 저는 남쪽 바다 마을이 고향인 엄마와 이북 신의주 출신 아빠가 만나 태어났고 어렴풋이 친할머니, 친할아버지 모습과 이북식 음식들을 기억합니다. 2층집이었던 할아버지 댁은 명절 때 늘 친척들로 북적거렸고, 이북식으로 차려진 먹을거리를 풍성하게 즐겼습니다.

얼마 전 사촌 언니와 전화하다가 친할머니 음식에 대해 말하게 되었습니다. 사촌 언니는 귀한 얘기를 전해 주었습니다. "할머니는 자주색 요리책이 있었어. 옛날 아래 아[ㆍ]가 표기된 고서였는데 그걸 보고 요리하곤 하셨지. 할머니는 공책 가득 조리법을 적어 두셨어. 음식 하는 것을 좋아하시기도 했지만, 많은 식구 건사하느라 늘 부엌에 계셨어. 또, 티브이 요리 프로도 빠지지 않고 메모하시면서 보고 그걸 응용해 만들기도 하셨지. 할머니는 이것저것 배우고 싶어 하는 신여성이기도 했고 솜씨도 좋아 가게를 낼 법도 한데 할아버지가 반대하셔서 가게를 열지는 않으셨어."

친할아버지는 1901년 태어나신 분이고 할머니가 몇 살 더 어리셨는데 그 옛날에도 요리책을 보면서 배우고 응용해서 만들고 하셨다는 게 마음에 크게 와닿았습니다. 저는 그 이야기 속에서 제 모습을 발견했습니다. 얘기를 전해 준 사촌 언니가 고마웠

삶을 잇다

어요. 저도 요리에 관심이 많고 뭔가 보면 만들어 보고 싶고 그렇게 생긴 나만의 조리법을 써놓습니다. 음식을 만들면 예쁘게 담고 싶고 맛있다는 말을 들으면 행복하고 계절을 담은 요리를 하는 시간이 즐겁다고 느끼는 건 그냥 우연히 그런 게 아니었어요. 할머니에게서 물려받은 것이었습니다.

비톤 부인의 『하우스홀드 메니지먼트』(가정 관리)라는 책을 아들에게서 선물받았습니다. 1836년생인 그녀는 영국 빅토리아 시대의 저널리스트, 편집자, 작가였어요. 잡지에 기고하던, 요리와 가사에 대한 전반적인 얘기를 책으로 냈는데, 1868년까지 거의 2만 부가 판매되었다고 합니다. 그 옛날에도 이렇게 요리와 가사를 멋지게 풀어낸 전문 서적이 있었다는 게 훌륭하단 생각이 들었습니다.

바삐 살다 보니, 내 뿌리나 조상에 대해 생각해 볼 기회가 좀처럼 없었는데, 1900년대 초반을 사셨던 우리 친할머니의 자주색 요리책과 요리 노트의 내용들이 참 궁금하기만 합니다.

40년 지기 친구들

제게는 언제 다시 만나도 허물이 없는 친구 넷이 있습니다. 같은 학교에 다닌 중학교 친구들입니다. 늘 밝게 웃는 한 친구에게 캐나다 있을 때 많은 도움을 받았습니다. 또 한 친구는 어려운 일을 묵묵히 도맡아 하면서 내색하지 않는 넓은 마음과 배려심을 가지고 있습니다. 희승, 현주, 민정 그리고 저, 이렇게 네 명이 친한 친구지만, 한 친구는 만나지 못합니다. 미국으로 시집가서 아들, 딸 낳고 살았는데 몇 년 전 갑자기 간암으로 한국 대형 병원에서 치료를 받았지만, 결과가 좋지 않아 안타깝게도 세상을 떠났습니다. 장례를 미국에서 치르기로 해서 인천공항 가까운 장례식장에서 마지막 인사를 나눴습니다. 비가 억수로 쏟아지는 여름이었습니다. 저는 그날 오후 강연을 취소하고 달려갔습니다. 우리는 모두 눈물로 작별했습니다. 친구의 마지막 모습이 너무나 슬프고 충격적이라, 그 후로도 오랫동안 마음속에 아프게 남았습니다.

그렇게 시간이 흘렀습니다. 다시 여름이 되었고, 저는 모교인 중학교에서 강연하게 되었습니다. 다닌 지 40년 가까운 세월이 흘러 모교에서 하는 전교생 대상의 강연. 감회가 남달랐습니다. 오랜만에 걸어보는 등굣길과 교정, 새로 지은 체육관과 멋진 시설들. 까마득한 후배들이 초롱초롱한 눈빛으로 경청해 주었습니다. 담당 선생님이 선배라고 소개하자 환호성이 나왔습니다. 시간은 다르지만, 같은 공간에서 공부한다고 생각하니 감사한 인연

삶을 잇다

이란 생각이 들었습니다. 짧은 만남이라도 후배들에게 여운이 남는 강의를 하고 싶어 제가 살아온 경험담을 전하면서 진심을 담아 강의했습니다. 중학교 때 제 모습이 떠올랐습니다. 친구들과 학교 앞에서 떡볶이 사 먹고 함께 뛰어놀며 밤새 수다를 떨던 그 시절이 그리워지기도 했습니다. 그때 만난 제 40년 지기 친구들, 각자 모두 다른 삶을 살아가고 있지만, 후배들 앞에서 한 강연으로 모교에서 만날 수 있던 시간은 참 뜻깊었습니다. 지나온 세월에 감사하게 되는 시간이었습니다.

그리고 잊을 수 없는 사랑

16년이란 세월을 함께한, 흰색과 갈색이 섞인 부드러운 털을 가진 내 딸 시츄, 찌찌. 산책을 좋아하던 아이는 1월 추운 어느 날, 그 길을 따라서 떠났습니다. 말은 통하지 않아도 수없이 많은 대화를 나눴습니다. 방구석에 홀로 흐느끼는 내 곁에 있어 주었고, 기쁜 날도 슬픈 날도 늘 같이했습니다. 다시 만날 수 있으면 얼마나 좋을까. 보고 싶습니다.

＊

외출할 때면 꼭 챙기는 세 가지가 있습니다. 하나는 지갑, 또 하나는 휴대폰, 그리고 돋보기입니다. 몇 년 전부터 돋보기를 사용해 왔습니다. 몇 년 새 눈이 많이 나빠져서 돋보기 없이는 생활하기 어려워졌습니다. 잘 안 보이니까 운전도 좀 더 조심해서 하게 되고 음식 할 때도 안경을 끼고 합니다. 불편한 게 많아요. 하지만 이렇게 시나브로 나이 들어가는 걸 조금씩 받아들이고 있습니다. 눈은 예전만큼 보이지 않지만, 예전에 보지 못하던 많은 것들을 볼 수 있는 마음의 눈이 떠지고 있는 걸 느낍니다. 힘들어하고 화내고 했던 것도 좀 덜하게 되고, 자연의 아름다움을 보는 눈을 뜨게 된 것 같습니다. 저는 항상 무언가를 만들거나, 무언가를 하고 있어요. 온종일 집에 있어도 그냥 계속 누워있는 일이 없습니다. 할 일이 많기도 하지만, 내가 일을 만드는 건 아닌가 싶기도 해요. 뭐든 계절 재료를 사다 만들어 보는 것도 즐겁고, 디렉터로서 어떤 프로젝트를 맡으면 관련 자료를 모으고 장소를 방문해 보고 기획하는 것도 즐거워요. 나만의 이야기와 스타일을 담아 푸드스타일링이나 테이블웨어 코디네이팅 하는 작업도 좋고 아, 그리고 또 하나, 발상이 떠올랐을 때 글을 쓰는 작업도 너무나 소중합니다. 이런 저를 보고 동생이 이른 아침부터 뭔가를 항상 하고 있다고

'꼬꼬닭 같다'고 합니다. 맞아요, 저는 닭띠입니다. 늦은 나이에 직업을 가지게 되고 15년 넘게 한 길을 걷다 보니 병아리에서 이젠 제법 멋진 암탉이 된 것 같아요. 누군가는 은퇴할 나이라지만 전 앞으로도 하고 싶은 일들이 참 많습니다. 저는 늘 꿈을 꿉니다. 그 꿈들이 절 움직이게 합니다. 그래서 내일도 아침부터 일어나 꼬꼬닭처럼 분주하겠지요. 지금보다 더 높은 도수의 안경이 필요할 겁니다. 흰머리도 많아질 거예요. 하지만 내 인생에 가치 있는 일을 하며, 주어진 시간을 누비며, 세상을 누비며 살아갈 겁니다. 저는 그렇게 꿈을 향해 가고 있습니다. 돋보기가 필요한 나이가 되면 공감되실 거예요. 눈이 좀 덜 보이는 대신 예전에 못 보던 여러 아름다운 것들에 또 다른 눈을 뜨게 될 거라는 제 이야기가 말입니다.

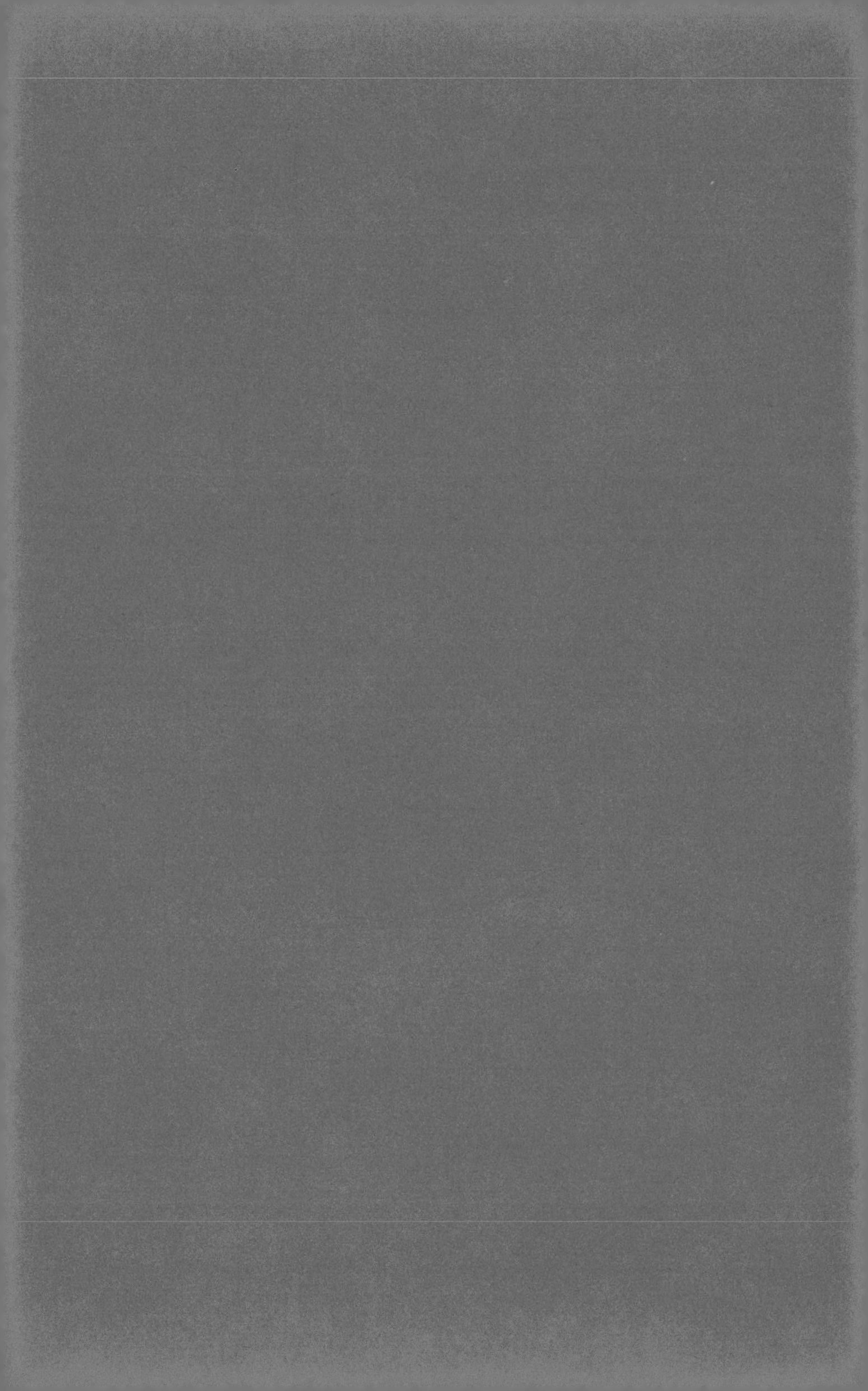